雖然不相見

扎西拉姆・多多
——著

我們
不是智慧的老人
我們
是赤裸的孩子

目次

PART ONE ⊙ 親愛的大人 13

PART TWO ⊙ 親愛的小孩 121

PART ONE ⊙ 親愛的大人

親愛的大人，
請照顧好住在你身體裡的那個小孩。

親愛的你：

也不知道是什麼因緣，讓你讀到了這一本書。

它是一本書信集，而書信總是帶著私人的性質，尤其這書裡的每一封信，都是我過去真實信件的整理。

不過你完全不必覺得，買下這本書反映了你潛意識裡的偷窺欲，出版這一本書，也絕不是因為我有什麼壓抑已久的暴露癖。這一次書信的集結出版是因為，其實書信才是我寫作的主要方式，每一篇或長或短的文字，無論以什麼文體出現，當初都是為了傾訴而來。在有書案的對面，我總是假設，有一個他日會在文字中相遇的你，或者有一個始終都在的神明。

而真正的書信便是最直接的傾訴了，因為彼此相識的親密，加上無法相見的距離，從而有了一個坦誠自然又深入細緻的訴說空間，這裡有著面對陌生人時難以敞開的心意，也有面對面交談時無法保持的專心一致，而更多的還是一種交付。雖然你不在這裡，此時此刻的我，此時此刻的心情，還是要交由你來見證。

所以當你讀到了這本書，你便無端地有了一份見證者的責任了。

你呀，多麼無辜的你。

我呀，多麼幸運的我。

祝你，閱讀快樂！

二〇一六年十二月三十日於北京

多多

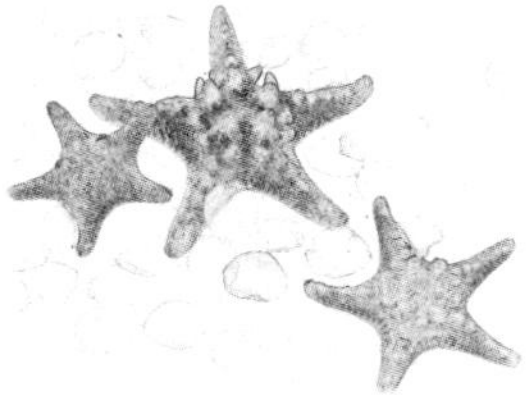

我們的爛尾青春

在這陽光燦爛的日子，我的心仍奇怪地漆黑一片，
但是還能感覺到油頭粉面的你。

Dear Helping：

今天是週末，有點熱、有點懶的週末，正所謂「在這陽光燦爛的日子，我的心仍奇怪地漆黑一片，但是還能感覺到油頭粉面的你」，還記得這我們一起看過的電影裡的台詞嗎？所以我決定給你寫一封信。

你知道嗎？從我家的落地窗望出去，是兩棟爛尾樓，我現在的辦公室的落地窗外，也是兩棟爛尾樓，這番光景讓我不禁想寫一寫我們倆的爛尾青春。對啊，我們在熱情即將被燃燒的歲月裡分開，於是青春就那樣被生生地擱置，永遠沒辦法完成，卻也不可能推倒重建，誰能給青春一個說法呢？那些又寂寞又美好的青春。

首先我要向你坦白，決定要學小提琴，只是因為我覺得周華健的《不願孤單一個人》間奏部分用小提琴拉一定很棒，常常孤單一個人，在房間裡想像那個美好的情形。後來跑去跟我媽說，學音樂能夠提高智商、陶冶情操云云。我媽對我的智商和情操一向沒有信心，所以很快就同意了。教琴的老師說要兩個人一起學，我需要先找一個和我同樣有追求的人，第一個就想起了你。我忘了當時究竟是怎麼說服你的，更加不知道你對自己的情操到底有著怎樣的抱負，只是記得你爸給你買的那一把琴比我的高檔很多。那一天我開始懷疑，父母對我的人生到底有多重視，我認為自己的前途一下子渺茫了起來。多年之後，當在電影裡看到麥兜向麥太要一台電腦，麥太卻給他帶回來一個電飯煲時，我深深理解麥兜的悵然憂傷。

但是，仍然要感謝我們的父母沒有去揭穿那個，我們故意忽略的重要事實——從十五歲才開始吊兒郎當地學小提琴，其實已經晚了十二年。於是後來的那三年，從人民南到青泰里，才有了那兩個孤單又驕傲的身影，影影綽綽，驕傲得有點荒唐。

最荒唐的還莫過於那個每次經過都要上前來搭訕的陌生小子，他總是故作熟悉地上前，然後滿面堆笑地向我們打招呼：「嗨！又去彈小提琴啊？貝多芬哦！」你為什麼不告訴他，小提琴是用「拉」的，而貝多芬是彈鋼琴的呢？也許那時候，我們都只忙著驕傲了。

直到今天，我身上還有這種青春後遺症——越寂寞越驕傲。不同的只是，那時候為了滿足驕傲，選擇孤單，選擇不與任何人類比；而現在，開始能夠為發現「終其一生，不過都是一條孤獨的路徑」而感到驕傲。那時候再孤單，也還有你來見證，而現在，再驕傲也沒有誰能欣賞了。多麼殘忍的人生。

這些年近鄉總是情怯，尤其當你不在的時候。如果你在，你一定會明白那種無言，因為一切都已經改變，而人們卻仍然把記憶停留在你離開之前，你沒有辦法將離開後的歲月一一鋪陳，也懶得一再把離開前的日子綿綿複述，最後只能無言。如果你在，你一定不會追問，我也不必搪塞，我們只需要坐二十分鐘的船回到「松濤」，在那個幽暗破敗的咖啡廳，喝上一杯劣質的即溶咖啡，一切一切就都氤氳成了雲煙。

忘了是哪一年開始的，我們每一年春節都會來到這間冷冷清清的咖啡廳。是十三歲吧，那個青春痘加青春肥的年紀，那時候還沒有「小資」這個詞。而當時代終於趕上了我們的步伐，我們就顯得惡俗了。在二十二年前，我們可以放心地喝著咖啡，放心地做著幻夢，我們總是說：「等我長大了，我要……」忽然之間，我們就長大了，還來不及好好暢想一番。

記得那時候我們說，如果有一天，我們有了兩千塊錢，就要從肇慶打出租車到廣州買一包廣州臘腸回來。那是我們能想到的最肆意、無聊的花錢方法，最奢華的幸福。後來的人們更有想法，他們說有了錢買豆漿要一次買兩碗，喝一碗，倒一碗。

最後真的有了錢，你結婚，買房子，賣房子，又買第二套房子，你還救濟沒有錢的我。你結婚，離婚，又重婚，還一直照顧依然單身的我……我們卻都知道，沒有哪一輛出租車，能夠載我們回到咖啡廳的那個角落了。當你偶爾覺得不夠幸福時，希望能夠想起，我們那包幸福的臘腸。

最後，送你半闋詞，順便告訴你，我愛你如昔：

二十年江湖常為客，
都付與風吹夢杳，
雨荒雲隔。
昨夜重逢深院裡，
一種溫存由昔，
添多少周旋形跡。

祝好！

談笑
二〇〇六年四月七日於北京

給自己的信

時間並沒有奪走你什麼，
相反時間在不斷地賦予你。
賦予你經歷、經驗，也賦予你答案，
賦予你生命的醇厚與寬廣。

小指輕挑之微薄

在那邊城一隅，我默默懺悔：

願曾作誓願能歸於真實，若有虛偽之辭，則我永不能進入涅槃城。

阿霞：

我現在被滯留在一個叫作 Birgumj 的邊陲小鎮，還在印度的境內。不過不用擔心，我是坐寺院的順風車來的，同來的有好幾輛大巴，大家都是來印度參加噶舉辯經法會的學僧。

眼看前方就是尼泊爾的邊境了，只要邊境的鐵柵門一開，我們就算離開了印度境內，然而門卻一直關著。有人說是因為尼泊爾又發生了騷亂。你知道的，尼泊爾國王幾年前才剛剛被推翻，破則破矣，立卻未立，當地局勢很不穩定，遊行、罷工、騷亂還時有發生。可後來，又有從前方打聽消息回來的人說，是因為有一輛車把人撞死了，引起了爭端云云，總之，進退不得就是了。

你知道嗎？當我還在焦急無措地望著看不到盡頭的車隊，一轉身，隨遇而安的小學僧們，已經在停車的地方附近，找到了一個小小的場地，踢起了足球。只見他們撩起僧裙的一角，穿過兩腿之間，往腰上一綁，就把僧裙變成了一條寬腿短褲，滿場飛奔了起來，彷彿這並不是一個被莫名滯留的異國他城，而是隨緣紮營的安身之邦，照樣可以嬉戲歡欣，無所謂短暫還是久長。我也被這種氣氛安撫了，決定不再去憂慮那不可知的前方，於是走到場地邊的一棵大樹下坐下，一邊等待吃了各種印度街頭小吃的肚子隨時險情爆發，一邊和小僧人康傑聊天。

康傑今年二十歲，是普拉哈利辯經院的三年級學僧，還需要九年的學習，康傑才能夠從辯經院畢業，之後就要開始為期三年零三個月的閉關修行，才能算是一名學、修圓滿的僧侶。

康傑告訴我，以前他和同學們每到休息日也會在一起踢足球，後來學院的堪布（相當於大學裡的教授）對他們說：「你們這樣跑來跑去的，會把地上眾生的腰踩斷的。」從那時候起，辯經院的休息日就改成了集體看電視。真的是一群慈悲又聽話的好孩子！我們像他們這麼大的時候，心裡大概只有一個大大的自己吧，哪裡有考慮過那些小小的眾生。

如果你仔細留意康傑的小手指，還會發現上面留著很好看的小指甲。康傑問我：「為什麼沒有留一點指甲？」我反問：「留來幹什麼？」他說：「用來救眾生啊。」還一邊示範著動作一邊向我解釋道：「你看，要是小蟲子掉到水裡了，你這樣用手去捏，牠會死掉的，如果用指甲去挑呢，就能安全地把牠救出來了。」我說：「啊，原來是這樣，我還以為是用來摳鼻屎的呢！」康傑嚇得擺手又搖頭。

我接著問：「這也是堪布跟你們說的嗎？」「不是，這是我自己想出來的，呵呵！」他露出了得意的笑容，似乎只要能夠幫助眾生，無論多少，無論大小，都是他為之自豪、為之珍視的成就。

我還在出神，康傑已經把我的MP3拿過去聽起了周杰倫，我則在一邊自慚形穢了起來。同樣是每天發著菩提心，我妄想的是要救無量無邊的六道眾生，卻從來沒有關心過身邊的、腳下的眾生。而像康傑一樣的那些十幾二十歲，處於叛逆年紀的年輕學僧們，卻為了小小的、命如草頭露的眾生，都願意放棄自己所熱衷的愛好，我又何曾為其他眾生放棄過任何東西呢？救渡眾生，有時候只是小指輕挑之微薄，但即便是如此簡單，我又何曾用心過？那些沒有真實行動的大願、宏願，不過是裝飾自我的彌天大謊罷了。

在那邊城一隅，我默默懺悔：願曾作誓願能歸於真實，若有虛偽之辭，則我永不能進入涅槃城。

阿霞，想起來給你寫這封信，是因為你就是那個一直在我身邊的眾生啊，我要從你開始，學習好好地在乎每一個人，你要時時提醒著我才好！

愛你。

多多

二〇〇七年一月四日於印度與尼泊爾邊境

只有你知道我的裝瘋賣傻

曾經那麼努力地要去改變世界，
而現在，我們需要不斷地彼此鼓勵，才能不讓世界改變自己。

郭一：

屁屁啊，我最近大概躁鬱症又復發了，每天都在想著一些不著四六的問題，可就是停不下來啊。

科學家說，全球的石油，只夠人類開採幾十年的了；他們又說，每天都有上百個物種在地球上消失，很可能幾十年後所有的物種都會滅絕；他們還說，北極的冰川很快就會全部融化……

我們到底還有多少時間？當然，我們已經輪迴了很久而且還要繼續輪迴很久，可是，我們還有多少時間可以繼續居住在這個藍色的美麗星球，為出離輪迴而努力呢？有時候我會很悲觀地想，地球是根本無法拯救的，我可以不買車，我可以不吃肉，我可以不用塑膠袋，但是人類可以放棄工業嗎？可以停止砍伐嗎？可以減少消費嗎？人類甚至連放慢那全速奔向破敗的速度都不願意。

就算我可以閉起眼睛對地球繼續保持樂觀，可是無常不是每天都在每一個人身上發生著嗎？男子還來不及說愛你，姑娘已經老去；承諾還來不及實現，我們已經開始食言；不是「人面不知何處去」就是「城頭變幻大王旗」，我們甚至都來不及認識我們自己，更何況認識這個世界呢？

如果拯救地球已經來不及，那麼還有什麼是來得及的呢？屁屁啊，如果你根本不寄希望於來世，你願意為現在的自己做些什麼呢？在我們總想著披上斗篷、將紅內褲穿在外面當超人的那個年紀，曾經那麼努力地要去改變世界，而現在，我們需要不斷地彼此鼓勵，才能不讓世界改變自己。

最近我發現，我身邊的人都因為我的不瘋狂而變得抓狂了呢！他們覺得，當我失業的時候，一定要魂不守舍、怨天尤人，否則我就是個胸無大志的人，他們就要因此抓狂；他們覺得，當我沒錢的時候，一定要處心積慮、惶惶不安，否則我就是個不思進取的人，他們又要因此抓狂；他們覺得，當我單身的時候，一定要求愛若渴、患得患失，否則我就是個不負責任的人；當我老去的時候，一定要悲苦難當、慌慌張張，否則我就是個沒有思想的人……總之，在這個瘋狂的世界堅持做一個清醒的人，需要莫大的勇氣。屁屁啊，我既不願意瘋狂，也沒有足夠的勇氣，看來只好裝瘋賣傻了！

常常我會懷念睡在你上鋪的日子，懷念你對我毫不留情的嘲笑與戳穿，我們總是大笑著將自己看得很輕，懷念那些輕得隨時可以起舞的日子。想到這些，感覺我的躁鬱症稍微緩解了一些，還是愛你。

多多

二〇〇八年七月二十九日於北京

給自己的信

無齡不是傻天真，也不是強裝嫩，
是逆流年而益增的對生命的熱愛與喜樂。
我希望你，親愛的姑娘，
將來即使骨肉襤褸，皮相摸糊，
仍然能夠是一個，愛的赤子。

不問前程的心之所向

所有的不加打擾，也許就是為了這份盲目的堅信。

親愛的止若：

剛才看到了你新貼出的博文《治多草原扎曲河畔》，見你在情情景景之中迴旋，在愛與捨之間游離，一時真切，一時疏遠，不由得感慨起來，也想要寫下一些什麼——也許只有同樣是真正愛過的人才知道，這樣的又勇敢又謹慎，又執拗又天真，才是愛的本來面目。

我也曾經愛上過一個人，如同愛上了佛前的青蓮，徘徊再三，不敢拾取——那是屬於佛的美好啊，那是屬於天地的自然，我憑什麼上前？但凡喜歡的都想要得到，然而當真正愛上的時候，那人倒成了絕世的風景，只能遠遠遠地看著、欣賞著。有時候你會想要融入其中，流覽周遍，甚至願意偶爾成為風景的一個部分、一個角落、一個片段；但你絕不會妄想，讓他成為你的一部分——你的愛讓他變得無邊博大，變得不可沾染，而你自己倒成了局外人。

人們會說：「你要勇敢一點！」

然而這根本無關勇氣啊！甚至根本和他是不是真的美好若此無關。他的美好，是我所賦予的，在別人眼裡或者他自己的眼裡，也許不過拙如芥子。不知道什麼因緣業力，偏偏我看出了他的好，不知道什麼因緣業力，偏偏我珍視美好的方式就是不加打擾。這沒有什麼可惋惜的；愛的初衷，就是要在一些人心中留下一些美好，不是嗎？任何時候，愛都不應該成為一股逼迫的力量。

我的一個好朋友，有一天跟我說：「最牛的收藏家對自己最珍貴的藏品是不會拿出來鑒定真偽的，他堅信那是舉世無雙的珍品，直到最後死去。即便死後被人鑒定為假貨，那又何妨呢？」然後他又說：「你每次默默喜歡一個人又不肯說出來的時候就是這副德行。」呵，也許吧，所有的不加打擾，也許就是為了這份盲目的堅信。

人們也許又會說：「這樣的愛太一廂情願了！」

可是愛什麼時候不是一廂情願的呢？愛首先就是一場我自己身體裡面的祕密化學反應，不是嗎？很多時候，我們只是愛上了愛情本身，愛上了去愛的感覺。所以當愛情消失，與你不愛我相比，原來，我不再愛你更讓我感到難過。相較之下締結婚姻倒是更容易的一件事吧，那是一種協商，一種合作，一種只要符合規則就可以繼續運作的人類社會活動。而愛呢，像一場巫事。我想起在你寫的《女巫之歌》裡，你說：「當你沒有追隨你生命中的那首歌，就會令你的精神生命產生某種萎縮甚至死亡。」這就是了，一生之中，我們起碼需要一次這種一廂情願的勇氣，一種無須他人配合也能去愛的意願，一種不卜、不算、不問前程的心之所向。

真高興認識你，止若，你是當年第一個讀到我那一首詩卻沒有簡單地相信那是倉央嘉措的作品，堅持要把我找出來的陌生人。相信你也是像我在你的文章裡讀到了自己一般，在我的詩歌裡讀到了你自己吧？所以才會那樣渴望找到，平行宇宙中的另一個你。

我們都是幸運的，請保重好自己！

多多

二〇〇九年九月十六日於濟南

那觸手可及的幸福

我們不要與愛情無關的婚姻，
我們不要演給別人看的幸福。

Rosanne 師妹：

那天你跟我說，你的媽媽正在竭盡全力制止你吃素，理由是沒有人會娶一個吃素的女人；而且還制止你去西藏，理由是學佛學深了就會放棄結婚的打算。

你說羨慕我的家人這麼開明，我想說，你錯了。我的外婆至今堅信沒有人會願意娶一個吃素的女人，所以當我第一次告訴她，我開始吃素了，她才會那麼的絕望。而我的母親，每一年在我去印度之前，都要和我爭論一番，一有機會就會跟我說，那個什麼伏藏師，還有那個什麼瑜伽士，他們都是可以結婚的……

然而，這些都還不是最糟糕的，除了家人的不理解之外，還有外人的誤解——你們這些去學佛的人，都是因為感情的失敗，生活的失意。佛法的殿堂成了他們眼中的傷心人俱樂部。

跟你一樣啊，在這些時候，我也會很無語，縱然自己心中有足夠的理由，卻始終沒有辦法找到可以跟他們溝通的共許。因為婚姻在媽媽以及媽媽的媽媽心目中，有著根深蒂固的重要性，而與此同時，媽媽和媽媽的媽媽都忘記了獲得幸福才是走進婚姻的目的。

當然幸福沒有標準答案，但是我們保持著單身，用青春換來的智慧，不就是用來參透關於幸福的謎題嗎？我們也許一直在錯，一直在錯，但是時至今日，即使仍然不清楚什麼是我們想要的幸福，起碼用排除法，也能比較準確地總結出什麼是我們不要的痛苦。其中一項就是，我們不要與愛情無關的婚姻，我們不要演給別人看的幸福。

我們用了這些年的獨立，才學會了如何讓自己完整起來、快樂起來，成為一個健全的、有能力給予真愛的人。為什麼人們要在這時候跳出來粗暴地否認——不，你們必須要嫁人，否則你們永遠是不完整的、殘缺的、沒有獨立生活能力的，你們不可能幸福！但是請問，如果我們真的如您所說般殘缺，又有誰會願意去娶一個精神上的「殘疾人」？你們憑什麼要求一個人以他博大的胸懷、仁愛的情懷從天而降，把一個根本沒有能力讓自己幸福起來的可憐女人娶回家呢？就像銀行只會貸款給有錢人，真愛也只會降臨於不缺愛的人，不是嗎？

用了這些年的修煉，我們才學會了傾聽自己的聲音，接納自己，寵愛自己，引領自己，我們學會了把愛情、婚姻當成奢侈品——有固然好，沒有也能活。所以我們活出了更大的自由，把自己活成了值得被珍愛的奢侈品。人們卻試圖通過打擊我們的自信，驅逐我們去苦苦找尋所謂的依靠。我們不被允許，在單身的時候依舊坦然，甚至竟然快活！他們最想看到的是，一提到愛情，我們就應該如餓鬼道現前，饑渴難耐，肝腸寸斷。這樣，在他們看來，才是對家族的負責任。

所以師妹啊，有時候我們需要很堅強，才能守護自己的柔軟心地；有時候我們需要很絕情，才能堅守自己真正想要的愛情。請一定相信，你是最好的，無論有沒有人駕著七色彩雲來娶你；請一定堅持，你要找那個對的人，找一種正確的生活，無論他們怎麼教育你，呵斥你，恐嚇你。

我是多麼擔心，你會放棄那明明觸手可及的幸福啊！

多多

二〇〇九年四月二十六日於北京

人有人的天命，神有神的慈恩

我們手捧著各處尋來的「答案」，試圖找出那個「問題」所在。
然而，怎麼「答案」全都不錯，「問題」卻總也找不對呢？

大叉：

今天突然想起了你，想起了家鄉的那條河，那個岸邊，那曾是兩個慘綠少年的寂寞天涯。

記得我倆常常在下午蹺課，騎車來到河邊，不為厭學，也不為玩耍，就是想遠離人群靜靜地待著，看過往的船隻從不知名的地方來，又向不知名的地方去，像極了這毫無頭緒的人生。看那江面的另一端，只聽聞，卻未到過的對岸，又像極了那躍躍奔赴的前程——那是怎樣的兩個十四歲少女，憂傷又勇敢著，孤單也幸福著。

待到高中畢業，離家求學，繼而求職，我們便再也沒有機會流連在任何一條河岸了，帶著自以為了達、自以為堅定的答案，隨波逐流，滾滾而去。

記得剛剛離開大學校園時，全身心只想著如何盡快地在社會上立足，那時候的你也是剛剛到了陌生的瑞士吧，「我是誰？我要的是什麼？什麼最適合我？」這些問題，顯得既不合時宜，又裝腔作勢，眼下最要緊的是：「我住哪？我這個月能掙多少？什麼時候提拔我？」再也不能像我們坐在江邊看雲、看風、看虛無的那個時候，你已經長大成人，現實迫在眉睫。

直到一年年過去，曾經一心認為必須要尋求的那些，一點一點被得到，我卻不得不

面對另一個日益明顯的事實——我不快樂。環顧四周，身邊的人們也大多不快樂，我知道你在他鄉，更是苦不堪言。我們既賺錢，也捐錢；我們既進修，也靈修；我們既儒又釋；我們既佛又道。我們手捧著各處尋來的「答案」，試圖找出那個「問題」所在。然而，怎麼「答案」全都不錯，「問題」卻總也找不對呢？

欲望之流並沒有把我引領到更為空闊的境地，反而日趨蠅營狗苟，四顧茫然。渴望回到那個獨自扣問、深觀源底的少年時光。

大叉，你知道嗎，給你寫信的此刻我正在另一條河的岸邊——這裡有苦難的現實與狂喜的心靈，有千方百計賺錢的掮客，也有著一無所求的聖徒。這裡的窮人死後買不起火葬的木料，便只好完屍推入河中。但無論是窮人的肉身，還是富人的灰燼，人們都深信，只要他們接受了聖河的滌蕩，終將重生於同一個天堂。一切問題，人間的歸於人間，諸神的歸於諸神，人有人的天命，神有神的慈恩——這裡是恆河聖城瓦拉納西。

這個城市表面上混亂而無序，但是如果你能在此久住一些時日，就會漸漸發現一種井然不錯亂的秩序——精神與現實並不會彼此妨礙，更不能相互替代，這裡的人們不會被極樂的來生所迷醉而放棄辛勞，也不會被困頓的現實所拖累而無力祈禱。

而我們呢？生活在現代又現實的有序社會裡的我們呢？有的人，傾向於將不快樂「形而上化」——總是換工作，會被歸結為「本來無常」，而不是自身能力不足；生活很窮困，會以此標榜「不功利、有出離心」，而不是著手改善；沒有朋友，會作為「眾人皆醉我獨醒」的佐證，而絕不會承認是自己性格有缺陷。有的人，則傾向於將不快樂「形而下化」——缺乏安全感，隱隱感到一切終究是不確定的，會認為一定是因為錢還不夠多；缺乏自我價值認同，不清楚自己存在的意義，會怪罪於糟糕的市場環境與社會現狀；深深的焦慮感，明明察覺到了內心長期的壓抑，卻會總結為只是因為很久沒有假期。

人們之所以一直追求快樂，卻找不對快樂的方法，會不會是錯位對治所致？形而上的認識，解決不了形而下的問題——無論我們多麼相信無常，也無須刻意放棄安定；無論我們多麼標榜出離，也不可逃避精進；無論我們有多麼清醒，也不必嘲笑他人的昏昧不明。同樣的，形而下的經營，轉移不了形而上的憂慮——再多的錢也買不了「永恆不變」和「絕對安全」；再健全的社會制度和市場秩序，也不能替你決定，你應該擁有怎樣的未來；再美好浪漫的假期，也不應該分散你思考生命價值的覺心。物質基礎決定上層建築，但是物質基礎始終不能代替上層建築。

是不是我們其實一直試圖用祈禱來解決吃飯的問題，用吃飯來解決心靈的問題？是不是自我太過高明，所以總在凡與聖之間游離輾轉？是不是我們太過精明，所以反而顧此失彼，一無所獲？

也許你會像過去一樣，微笑著告訴我：「傻瓜，世上根本沒有標準答案。」但我依

舊感恩那些奔流的大河，以及逐流的日子；我也感恩那些許我駐足或呆坐的河岸，以及困頓與裹足的時刻。它們是我生命中的雲帆，也是我終要越過的滄海。我感恩你的見證。

祝你在大海的另一岸，一切安好！

小叉

二〇一一年二月十一日於印度瓦拉納西

走向自己的深處

我們越是勇敢而誠懇地，堅持走向自己的深處，
我們越能回到一切人的所來之處，照見那個等無差別的本來面目。

Dear Andy：

你知道嗎？在即將再次離開北京，繼續出發之前，我用了多年的電腦硬盤壞掉了，所有的資料都沒有存檔，朋友說每修復一G的資料，就要收費一千元，修復一個五百G硬盤的錢，夠我在老家再買一間小房子的了，乾脆算了吧！

這幾天一直在努力回憶硬盤裡都有些什麼，盤點著我的損失，也盤點著我的回憶。這個時候才發現，自己把所有雞零狗碎的日子通通扔給了電腦硬盤，而不是大腦的記憶體——細碎的念頭寫成了詩歌，冗長的思緒編成了文章，所到之處攝成了照片，如果這個世界上沒有了電腦，日子將會被誰銘記？

甚至在硬盤壞了以後，我開始深深地懷疑，我是不是真的那樣子活過？歲月沒有立此存照，而那些見證者也早已遠去，一九九六年的我，需要一九九六年的他來證明，而他，又是否有跡可循？

於是，電腦硬盤的莫名壞掉，把所有的過去變得像一場大虛妄，據說有過的那些喜怒哀慟，大概也都不堪認取了吧。比遠山還要隱忍，比秋雲還要稀薄，我又何必再追問。如果在當時，在事情發生的當下，就能夠知道，一切都會在下一個瞬間變成虛妄，我們會不會不再計較，會不會更快樂些？

我想會的。

就這樣，將一切歸零，輕身回到這個位於北印度的山城小鎮，坐在同一個窗前，對著同一片山嶺，提筆撰寫本月的專欄。你總是說我是幾位專欄作家裡最靠譜的，從來不用你催稿，總是第一個發來郵件。但其實我也並不是提筆就來的寫作機器，通常離交稿日還有十五天，就會開始焦慮。

說來奇怪，在成為雜誌的專欄作家之前，每月寫下的文字豈止這一兩千？可當被要求定期寫作，定期將種種見聞、種種感觸公之於眾時，卻變得搜腸刮肚，捉襟見肘了。這大抵再次確認了，我真不是一個好作家，缺乏職業創作力。而我，其實亦更寧願僅僅成為一名「生活家」，好好活，活明白，就好。

一直以來，我只是把寫作當成一種自我認識與自我排遣的方式。越是迷惑倉皇之時，越是困頓無措之際，越是憤懣不平之中，越是能在寫作中得到指引與慰藉。也許正因為如此，每每讀到我的文字，人們多感到鼓勵與安慰。但其實，那最有力的話語，正出自我最脆弱之時，那些文字，不過是用了最後一點氣力，從內心分裂出的另一個自己，俯身給予自己一個擁抱罷了。我的文字便因了這分裂而有了幾分疏離與清醒，不見得多遠見超群，只僅僅是多走出去一小步，而這一小步，足以回身牽引那個沉溺的自己踉蹌前行。

所以，我的文字應當是即時而當下的，應當是個人而隱私的，應當是僅存於硬盤又突然會被徹底格式化的，應當如是，無可執持！

只是因緣錯亂，竟被邀作了「專欄作家」，懷著對這個光鮮頭銜的小好奇，以及對自己寫作能力的小試探，我沒有推卻這突如其來的邀約。只是，我當為誰而書寫呢？為自己？未免絮絮叨叨又不明所以。為他人？我又哪裡有能耐使得字字應心、句句在理啊！

於是躊躇著，書寫著，同時聆聽著，審視著，不覺已寫了大半年有餘。直到回到這個深秋的山谷，和來來往往的各國朝聖者生活在一起，比以往的任何一次都更為深入，更為開放，這時方才漸漸體會到「越個人，越共鳴」的道理。

我們來自不同的族群，有著不同的文化背景及成長經歷，背負著不同的心靈創傷與靈魂缺陷，擁有著各自的才華與潛能，最終在這個雪山下的宗教聖地相會，成為同道與同修，經年累月只是為了一個目的——從無明迷惑中幡然醒來。當然，這是一個比一生還要漫長的過程，曲折而艱辛。

只是，在林林總總的外相之下，有一點值得我去信仰的就是：我們越是勇敢而誠懇地堅持走向自己的深處，我們越能回到一切人的所來之處，照見那個等無差別的本來面目。在這個深秋，我就是這般無由來地深信，我們來自同一個地方，亦去往同一個地方，所有的誤會，都是因為我們自己和自己的失散。

於是，我在這一洞見中獲得了書寫的自由——不再計較讀者到底是誰，是我自己還是你，只要我對自己足夠坦誠，對世界足夠真誠，你就算是對我的文章不認同，也一定會報以尊重，予以傾聽，我像相信自己一樣相信你。我也不再關心每篇文章是否意義重大，只要我不失去道路，不停止腳步，每一次的思考，哪怕是引發更多迷思的思考，都意義非凡，都是漫漫尋道途中，不可或缺的一步。

也許，宇宙之中，有著一個更為強大而不會壞失的「硬盤」，存儲著我們的每一個心念，每一分努力，我們在其中互映、互攝，你中有我，我中有你，我若不欺誑，你便無諂曲，我若朝著實相前進一點，你便同樣走向了更真。

如是，書寫便不再如過往那般虛妄了，你我在這讀寫之間，締結因緣，字字歡欣。

放心吧，我會準時交稿的！

多多

二〇一二年十月三日於印度喜瑪雀

給自己的信

尋找完整的自己，
這是一個沒有目的地和時間表的旅程，
你不會尋找到一個現成的、完整的自己，
尋找本身就是在完整你自己。
尋找是一個不斷的打破與建立的過程，
是懷疑與信仰的交織。
這個過程很孤獨，也很銷金蝕骨。

人山人海，相見離開

愛，不是你控制對方的理由，
愛，是你改變自己的動力。

姜靜：

我來到菩提伽耶已經快兩個月，和往年相比，今年大概是在此地逗留得最長的一次了。你以前總是問我，為什麼要一次次反覆地前來這個地方？那是因為菩提伽耶對於我們佛教徒意義非凡——

兩千五百多年前，摩伽陀國的釋迦族王子喬答摩・悉達多，被生、老、病、死的生命現象所觸動，引發了對生命本質的反思，由此深切體會到了繁華欲樂的短暫與虛幻。悉達多王子二十九歲那年，毅然選擇了出家，這是對他以往生活的徹底告別，他放棄了王位，放棄了家庭，放棄了世人夢寐以求的奢華享受，開始了一無所有的修道生涯。

悉達多出家後，遍訪當時印度各個門派的修道者，歷經了六年苦行，種種磨難，但最終因為發現這些修行方法，都非究竟的解脫之道，而放棄了極端的苦行。悉達多沿著尼連禪河逆流而上，最後來到了位於菩提伽耶的一棵畢缽羅樹下，跏趺而坐，寂然不動，他開始真正地逆溯生命輪迴之河流。

悉達多以禪定之力，深觀生命的緣起，直探源底，找到了輪迴的源頭——無明。當悉達多衝破了無明惑障，以諦實之語宣布：「一切眾生皆具如來智慧德相，因妄想執著不能證得。」他是在向宇宙蒼生宣告，他發現了生命潛在的覺悟本質，一切眾生都擁有解脫的力量。悉達多因此被世人尊稱為覺悟者——佛陀。而曾給予悉達多庇蔭的畢鉢羅樹從此被稱為「菩提樹」，即「覺樹」之意。

在佛陀成正覺後約兩百五十年左右，孔雀王朝的君主阿育王來此朝聖，於菩提樹旁建了一座塔寺，名為正覺塔。正覺大塔亦經歷了幾番興廢，相傳十二世紀末，印度的回教勢力興盛，對其他宗教多加迫害，宗教場所也被破壞無遺。菩提迦耶的正覺大塔原本也無法逃過這一劫，當時的佛教徒為了保護大塔不被破壞，聚集了所有能找到的人，搬沙運土，在一夜之間，用土石將整座大塔掩埋起來，變成一個大土丘。直到一八八一年，考古學家康林罕根據《大唐西域記》的記載，重新挖掘，才使得大塔重見天日，震驚世界。

如今的正覺大塔禪修園修葺一新，綠樹與塔林相映，在主塔身之外有三重周邊，每一重都是可以圍繞大塔行禪的步道，越是內圍，則越是擁擠，若是在不炎熱的冬季，這裡甚至可算是接踵摩肩了。

但我仍喜歡每日來到正覺塔下轉繞，喜歡聽各國信徒用不同的語言誦經，梵文、巴利文、藏文、中文、泰文、日文、越南文……我也喜歡接觸來自不同佛法傳統的修行人，上座部、大乘、金剛乘、出家僧侶、在家居士、遊方的瑜伽士……當這些曾經被貼上不同名詞標籤的人們，一個個活生生地、可知可見地就在你身邊，當他們由抽象的、帶著評判的概念，變成了具體而真實的存在時，你會開始了解彼此之間的不同，而這些不同

又是那麼平等，因為這裡是所有朝聖者的異鄉，人潮之中你不再屬於任何一個主流，你沒有可以執持的標準，你不站在任何一個既定立場上評價他人。

這種異鄉之感，這種「少數派」立場，反而開啟了我的孩童之心——全然接受，沒有評判，人山人海，相見離開。

短暫的離鄉，來到佛陀告別輪迴的這個地方，對我們來說，也是一種對以往生活的短暫告別。很多人選擇以朝聖的方式去探尋內心，或者修行，我猜想，因為朝聖是一個很外在的出離過程。在我們熟悉的環境裡，真正的自我會被朋友、家人、社會的價值體系、自身所承擔的社會角色等所壓抑，甚至淹沒。當我們置身於一個陌生的聖地，當我們遠離了熟悉的環境、語言、社會形態、人際關係，我們不再被過往的一切束縛，就有一個機會為自己鬆綁，有機會瞥見自己真正的需要。若能從外在的出離帶來內心的出離，那就達成了真正的朝聖。否則朝聖就僅僅是旅遊觀光、獵奇，甚至只是宗教狂熱罷了。

如果能夠以這樣的角度去看待朝聖，那麼能不能去朝聖反而不重要了。在日常生活中，只要我們能明白出離的本質，就依然可以「出離」堅固的自我及價值體系。就算哪兒也不去，我們仍然可以試著在心裡創造一點空間，遠離外在世界貿然加諸於我們的標籤與要求，放下這些外在的參考點，努力生發出足夠的勇氣和意願去反觀自我，聆聽內在的聲音。這樣，我們便已經是這世間的行者了。

所以我深刻地知道，唯有將這「孩童之心」帶入整個生活，從異鄉帶回原鄉，方才是每一次朝聖的真正意義所在。

很多次，我都在正覺塔下祈願，願我能夠在對待親友、眷屬的時侯，有著對待陌生人一般的寬容——理解他們因不同的生活經歷而擁有不同的生命品質，容許他們因各自的因緣習氣而有著不同的性情喜好。

很多次，我都在心裡提醒自己，不要因為我和生活裡的有緣人之間存在的親疏關係，而忘記其實對方始終是一個需要一直被尊重的獨立生命體。

很多次，我都默默告誡自己，愛，不是你控制對方的理由，愛，是你改變自己的動力。

若能有更為廣闊的時空觀念，我就應該知道，那穿行於我生命中的每一個眾生，我們都曾在宿世之中，彼此相屬，但從未能天長地久，再深的執念，如今都只是一份隔世宿緣罷了。

在這個地方，我寫下過一首詩：

我的父親母親

我的孩子

請讓我也這樣喚你：

我的愛人
我的愛很少很羞澀
只夠在日出之前說唯一的一遍
我的愛也生疏
還沒有被歲月驗證過呢

幸好
我們的生命也不長
短到可以一再地相遇
一再地遺忘

但願以這冷峻的清醒，承載我更為深廣、不加占有、無所期許的愛。也但願你，早日具足勇氣，愛他人，愛自己。

多多

二〇一二年一月二十六日於印度菩提迦耶

給自己的信

年輕的時候覺得，愛要像一眼泉，
若非源源不絕的湧動，便是死亡。
如今覺得，愛也可以是一汪潭，
你若投石問水，我便作答，
你若臨水獨立，我亦不擾。

原鄉與邊疆

直到歲月期期艾艾流過，你幡然發覺，
你就是你的故鄉，你也是你要征戰的邊疆。

龔琨：

離上次給你寫信，已經有十多年了吧！記得大學的時候，總給你寫信，也不管你愛不愛聽，聽不聽得懂，反正當我需要一個沉默的傾聽者時，總會第一個想到你。當日四歲的你，認識了兩歲的我，也許那時候就已經注定，你要去當我半生歲月的見證者了。

此時此刻，我在清邁，你在哪裡呢？

你知道嗎，那天當我一走出曼谷機場，潮熱的空氣就裹著一股熟悉的南粵氣息撲面而來。城市中各異的綠植，我能一一辨認，說出它們的名字來，甚至相應地記得，曾在家鄉的哪個街頭見過一樣的婆娑。當時流連在曼谷的市井，竟還發現了我們廣東人愛吃的雲吞麵、皮蛋粥、消暑潤喉用的羅漢果涼茶……就連街角小推車上賣著的醋漬酸芒果、酸木瓜、酸餘甘子，都是外婆當年為聊補進項，在屋前支攤販賣的那些醃果的滋味。我這遠遊的離人，竟在異鄉喚醒了唯一思鄉的味蕾。

何故說「味蕾」是「唯一思鄉」的所在？只因這般地在異鄉與異鄉之間輾轉，已是我離開故鄉近十六年來的慣常狀態，再過兩年，故鄉與異鄉，便在我生命中年歲一樣，分量相當了。「流浪得太久太久了，琴、劍和貞潔都沾滿了塵沙」，詩人周夢蝶說。

你以為那些塵沙，便是你這無根之花所有的養分，你只好風塵僕僕一路行去。直到歲月期期艾艾地流過，你幡然發覺，你就是你的故鄉，你也是你要征戰的邊疆；你一直要走出的，是你自己的重圍，你一直要回歸的，也只是你自己的府邸。

我們自始至終，承載著所有祖先的願力與原鄉的業力。這願力是生命的延伸與超越，是肉身的繁衍與精神的自由；這業力則是心性的基礎也是桎梏，是價值觀的成因與習氣的根源。在同類之中，個體匯入群體的洪流，難以自覺個體的價值與缺陷。行走異邦，與人相識、相處、相磨練，才得以將自己從家、國的共業中異化出來，重新審視個體與群體的關係，重新觀照根深蒂固的觀念之中，哪些是普世價值，哪些只是群體習性。而這觀照本身，便是生命的願力，是進化的動因；這觀照本身，也是業力的突破口，是改變的契機所在。

例如在異鄉，在與不同文化背景的人們交往的過程中，我發現了：有一種人際關係是，關心而不干涉；有一種意見表述是，評價但不批評；有一種價值觀念是，分享但不灌輸；有一種坦誠是，敢於要求但不介意被拒絕；有一種尊重是，敢於直接拒絕但不會粗魯無禮；有一種自信是，敢於表達自己並鼓勵他人表達自己。反觀我自己，原來過往對於人際交往中的親疏之度，是如此疏忽而任性，不是過分以自我為中心，干預他人，便是過分拘謹，壓抑自身。這就是我要覺知的，我的自身局限，這才是我要遠它而去的「舊城邦」。

若不是帶著覺知去行走，那麼無論是多少次的出發，無論走得多遠，都只是徒增顛沛的輪迴罷了，未必帶來新生。

但改變總是痛苦的，至少是不適的。很多次，我以「這是我們的文化」為藉口，對抗改變，試圖讓他人接受「在中國，這些都是很正常的」。直到我在印度的街頭，與一個德國人大吵一架之後發現：在異鄉，沒有什麼「文化」在為你撐腰，你是一個僅代表你自己的個體，是你自己選擇了「文化」大概念中你所傾向的那小部分，而不是文化在指使你；而且，沒有人有義務理解你身上獨有的文化，除非它符合普世價值。這也是離鄉的意義之一——你必須學會擔當，為你自己的價值取向。

若不是帶著擔當去行走，則行走並不是真正的出離與超越，而不過是一種推諉，一種劃清界限，一種事不關己的逃避罷了。

只有看得清楚這些，我的離鄉、去國，方才不枉然。

你看，不知不覺，話題又扯遠了，又不管你愛不愛聽，自顧自說了起來！不是明明在說思鄉的味蕾的嗎，怎麼說到離鄉的意味來了？打住！打住！還是相約到那雞蛋花樹下的檔口仔，要上一碗齋米粉，再配一碗艇仔粥吧！

談笑

二〇一三年一月十六日於泰國清邁

語句及辭章，其實都是屍骸

每一句詩，都應該是對當下自心最真實的捕捉，
而一旦被捕獲，便心、境俱亡，無可執持。

親愛的喜：

聽說你要出自己的詩集了，為你高興。不過，你讓我給你提提意見，很抱歉，這個我做不到。並不是不願意，而是我一向認為，詩歌是不可以被他人所點評與修改的，而詩人是不應該聽取他人關於他的詩的意見的。

最近我甚至這樣認為，真正的詩人，是壯烈而悲憫的。

壯烈是因為，每一句詩，都應該是對當下自心最真實的捕捉，而一旦被捕獲，便心、境俱亡，無可執持。所以寫詩，是一個觀心、滅心的過程，而那些語句及辭章，其實都是屍骸。

而詩人又是悲憫的，他一次次死，一次次留下屍骸，以告訴世人，一切唯心所顯，而心，剎那無常。所有的愛之中，最大的愛，是示以實相，詩人致力於此。

不管詩歌處於哪個時代，不管詩歌能夠在多大程度上影響時代，無論詩歌的形式是浪漫，或者抽象，或者朦朧，或者晦澀，詩人本身是清醒而富有覺性的，詩歌應該首先是詩人對自身的探索，那是唯一的冒險之地，也是唯一值得窮未來際、直探源底的地方。

當然，詩的讀者，也應該有著同樣的倔強，通過一首詩的觸碰，開啟凝視自己的目光，你讀到的一切，都是你的，與詩人無關。

祝一切，順其自然。

多多

二〇一三年四月十三日於柬埔寨暹粒

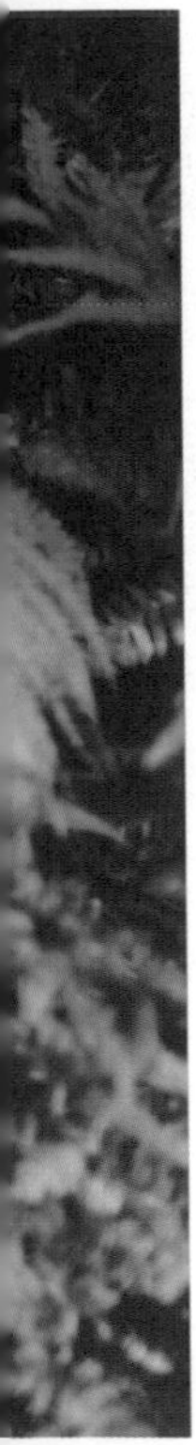

給自己的信

這已經開場、也漸漸演得入戲的人生，
原來仍還有其他的可能性，
這件事，真的會讓人有那麼一瞬間，恍如少年。

讓我們旋舞，於那荊棘之花的叢中。
讓我們踏遍，這世上的歡愉與痛。

一切人始終會走向同一個方向

所謂精神修持的道路，完全就是一條心跡，
就是心性的展現與變化的痕跡。
所以沒有任何一條路是彎路，也沒有任何一個人可以走捷徑。

親愛的文竹：

我還在尼泊爾的加德滿都，和往常一樣，住在滿願大塔的附近。每天一個人繞塔的時候，我總是想像，人們經年累月地轉繞，大概會在大塔的四周形成一股善的漩渦，終有一天，我們將擺脫沉重的肉身，直上雲天吧。對了，繞塔的時候我還看到了一個人。

連續幾天看到他，在這個世界著名的佛塔之下，在洶湧的繞塔、禮佛的人潮之中，手捧《聖經》，對過往的人們宣說通往天堂的祕徑與主的慈恩，他是一位年老的西方傳教士。第一天，還有一群年輕人對他圍觀，然後散去。後來的幾天，便連圍觀的人也沒有了，他一個人表情嚴肅、姿態端莊地在穿行不止的人流中發表著演講。我在他身後不遠處悄悄站著，聽不清他的佈道之語，但我深深覺得他是可敬、可愛的。

對於林林總總的道路，甚至歧途，我越來越能夠接受它們存在的必要性了，對於「步入歧途」的人，我也漸漸沒有要憤然「拯救」之的正義感了。如果需要為過去很長一段時間的修行作總結的話，我覺得這就是我的成果。

首先我不再試圖證明自己所選的這條道路的正確性。越來越清楚地知道，這一條法道，並非自己「選擇」的結果——我又哪有這般的智慧做出決斷啊！如今的道路，何嘗不是當初，生生世世以來，一次次尋找，一次次經歷，一次次進出歧途，方才得遇？越是回顧自己，越不敢評判他人；越是超越過去，越是感激過去。

甚至「道路的正確性」本身，也是一個假命題。道路何以能夠獨立於人而存在呢？尤其說到精神修持的道路，從來不是人在這裡路在那裡，應該選擇走上這條路還是那條路的問題。所謂精神修持的道路，完全就是一條心跡，就是心性的展現與變化的痕跡。所以沒有任何一條路是彎路，也沒有任何一個人可以走捷徑。

曾經，我也跟你提到過的，對貿然跳出來指手畫腳或者「諄諄教誨」的人，深感厭惡，心裡抱怨：「就算你覺得別人都境界太低，可你有什麼必要對他人揠苗助長呢？每個人都自有他的節奏，都自有其天命。」現在明白，他也有他的路要走，走到這一步的他，呈現出這樣的面貌和姿態，也是我無法干涉，不應對抗，更無法逼迫其去超越的。

不知道是因為孤獨還是因為孤傲，我們都曾經是橫加干預者，以令人屈服來尋求認同。如今我退回了自己的道路，悠然前行，要降服的只有自我，沒有他人。於是我收斂我的眼神，只沉默地祝福。凡是我能領悟的，我要相信，他人也定可領悟，最終我們一定可以再度並肩前行。

此外我懂得，人人都是自身價值觀的傳教士，我們的整個一生，我們所表達的言論、態度，我們所做的每一個抉擇，我們所展現出來的生命狀態，都是一種傳播與佈道，都或多或少、或好或壞地影響著周遭。

每個人充其量，只能夠去做他們自己認為對的事，這是現實裡的無妄之道。倘若每個人都真的去做了自己認為對的事，這也定然是勇敢的無欺之行。即使你的「對」，與我的「對」，無法共識，從不一致，也完全不必互相爭鬥，彼此嫌憎，「一心一世界」，這正是無自性之虛妄世界的真相。

所以，如果一個人能堅持表達自己探索、體驗、實證過的相對真理，他是可敬的，縱然沒有一個追隨者，這表達本身已是一種對真理的虔誠。追求真理的熱誠，終究會引領一個人不斷靠近乃至到達究竟真理。

我不敢再輕易否定任何人事，任何一段經歷都是「加行」，或者「加行的加行」。因為有了這份接納，當我再看世間，竟無一個可笑之人——從一個足夠高遠的維度看去，一切人始終會走向同一個方向。

五年前，在佛陀第一次傳法佈道的鹿野苑，我曾問上師：「什麼是生起菩提心的徵兆？」他說：「毫無造作地、如本能一般地相信，每一個眾生終會成覺。」

五年之後，在加德滿都，在佛塔下的西方傳教士身後，我才剛剛開始懂得上師的話。

把這份小懂得寫下來，寄給你。因為你是唯一一個一路見證著我從尋找上師開始，直到如今的人。

祝善妙吉祥！

二〇一三年四月二十五日於加德滿都

多多

做一個精神病康復者

我只想做一個精神病康復者，給其他的精神病人看。

國辰：

今日讀稿，讀到你組稿的那篇，一位文學系教授、同時也是詩人與一位作家之間的對話稿。我想，這對我來說是具有重大歷史意義的一天。而這一天，與二〇一〇年的那個二月，在尼泊爾南摩布達，度母殿裡的某一天，是遙相呼應的，我隱隱覺得它們共同決定了我未來很長一段時間的方向。

這是一篇我第一次讀到的，專業詩人談詩歌的文章，而且是真正的詩人，不是自詡的，或者像我這樣業餘的草根詩人。這篇文章給了我一個很確鑿的否定——我知道，我永遠也讀不完文章中羅列的那一長串作家的書，我永遠也不會如此地把詩歌當作一生抱負，我永遠也不會進入詩人所欣賞的詩人名單，我永遠也不會成為我自己所讚歎的那種真正的知識份子。但與此同時，又有一個答案漸漸明晰了起來，它肯定了我內在的願景與真正的價值。

它對我說：「你對於尋找生命更多的可能性的努力，並不是為了比他人出色，並不是為了成為社會的楷模與精英。恰恰相反，你希望你是一個最低標準，你希望凡你所能夠活出來的，他人皆可實行。」

我注定與最大多數的眾人為伍，因為我們「配置相近」——沒有過人的天賦，沒有驚人的毅力，也沒有駭人的野心。我就用我的「普通標配」去走一條不太一樣的路，這條路不至於卓越超群，不需要離經叛道，但是只要我淌過來了，沒摔死，大家能走的路就多少寬了一點。例如，我希望那些本來不相信的人日後能夠相信，考不上中文系也能寫寫感動自己的詩；相信堅持做自己熱愛的事不會餓死；相信愛這個世界的同時可以不執著它。這些對於高級配置的人來說，簡直不值一提，只是我願意為「標配」的人們而存在。

我希望締造一個這樣的社會——最低配置的人們也有選擇的自由和選擇的勇氣。當然，其實我並沒有這個能力，起碼目前沒有，而多生多世以後的未來，這樣的社會即使真的出現，也成事不必在我，只要成就好（你看，我就是這麼隨緣）。現在，我只想締造一個小小的平台，讓已經擁有自由和勇氣的普通人走到一起，成為更多人的光明與希望，就從我們這一本雜誌開始。

我知道這本雜誌永遠不會成為精英知識份子競相傳閱的一本書，就像我永遠成為不了精英知識份子一樣。我會始終崇敬真正的大師、精英、脊樑，我也始終更願意與大多數普通人站在一起，我只想做一個精神病康復者，給其他的精神病人看。

四年前在南摩布達的度母殿，在一個月的時間裡思考要不要出家之後，其實我已經做出了這個決定。

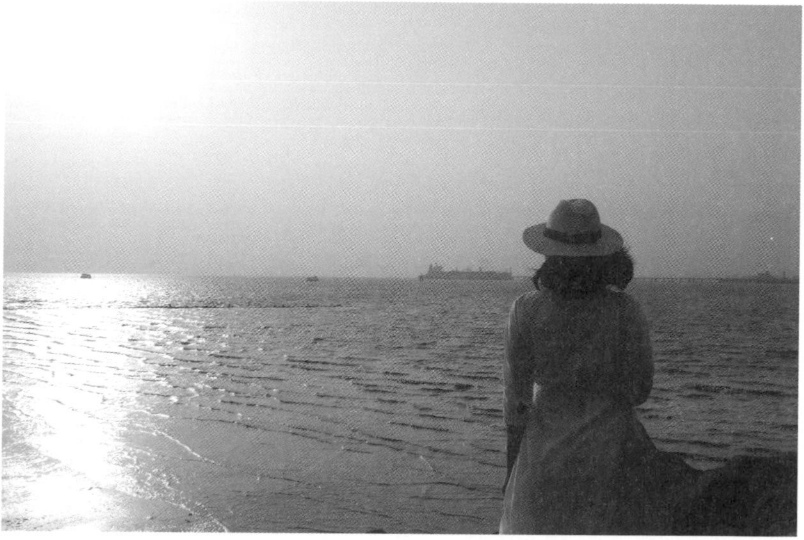

多多

二〇一三年七月二日於北京

這裡還有我們

我們不是智慧的老人，我們是赤裸的孩子。

國辰：

雜誌書最後定名《我們》我覺得挺好的，樸實又聚眾。但這個「我們」到底會是誰呢？「有一種人，越是在風雨如晦的時候，心靈越是寧靜。他能穿透所有的混亂和顛倒，找到最核心的價值，然後就篤定地堅持。」

在從拉薩飛往北京的飛機上，讀到龍應台先生《大江大海》一書裡的這一句話。穿過稀薄的空氣與暴烈的陽光，它重重地擊中了我，它為我三個多月以來的思考一錘定音——《我們》，就要做這一種人。

當下的中國社會，既清流曲折，亦有濁流洄繞；既生機盎然，亦有腐敗枯朽；既源源創造，亦有過度消耗；既大夢初醒，亦有虛妄再造；既佛光普照，亦有魔王圈套。這種種外相下的實相是什麼？這種種因緣之後的因果是什麼？我們還不知道。

但是我們相信，一切的集體現象，都有著個體的淵源，個人的業力決定了社會的共業，個體意志影響了集體意識。

我們相信，只要勇敢而堅定地走向自己的深處，就能到達一切人的所來之處，照見一切人的本來面目。

我們相信，所謂本來面目，就是人的基本良善。我們相信光明，相信光明一直都在。

所以我們決定，從個體生命體驗與實證出發，用出發的決心與意志回歸，回歸心靈的原鄉。

要想穿透所有的混亂與顛倒，回到那個無須造作的、正常而圓滿的狀態，我們卻要先做很多很多，無法一一陳述，甚至無法一一了解。但是我們決定不做的有：

我們不以自己為標準而批判他人，我們不試圖建立唯一標準，而寧願相信一心一世界，尊重多元，尊重異己。

我們不因清醒而憤怒，我們寧願因為清醒而悲憫，因為真正的清醒不是看到世間的亂象，而是看到世人的迷茫與覺醒的希望。

我們不做任何人的導師，我們寧願展示道路與行道者。我們充其量只能告訴人們，生命中真實存在更多的可能性，卻不會替任何人做出選擇。

我們不傳播概念與口號，我們只分享經驗，成功的經驗，或者成功地發現一個失敗的經驗。

我們不是智慧老人，我們是赤裸的孩子。

《我們》這一本「主題雜誌書」，我的初步計畫每兩個月出版一期，每期一個核心主題，我們希望通過有故事、有態度的敘述來保證這一本主題書的品質。同時我們希望作者不要把《我們》當作傳統的雜誌媒體、宣傳工具，而應該把它當作一個，可以真實地說出自己見解的無人山谷。我們希望提供一個平台，讓大家從容、安靜、誠實地書寫。

國辰，謝謝你邀請我來做這一本書的主編，在紙媒沒落的今天，我們才剛剛入世，而且還是那樣的沒有主義，沒有導向，沒有權威，它會長久嗎？天知道！那麼，就讓我們將每一期的《我們》，都當成最後一期來做吧！願做眾生的不請之友，哪怕只為了說出一句，這裡還有我們！

願，因緣而聚，合心為歡。

多多

二〇一三年八月三日於拉薩

給自己的信

控制不了自己的人，
才會去控制別人；
不了解自己的人，
才會擔心別人不了解自己。

那個大齡失業女青年

其實我需要的不是解釋現狀，我需要的是如實地與現狀相對。

費老師：

願安好！

當我被告知，要為您主編的書寫一篇關於「高峰體驗」的文章，我一邊喏喏地答應著，一邊開始搜索自己過去的經歷中，到底有沒有一些「超越普通意識的另類體驗」。然而屬於金牛座的我，原來真的不是愛冒險、愛挑戰自己舒適區域的人，竟從來沒有做過什麼挑戰自己身心極限的事情，也沒有過任何值得大書特書、神祕而偉大的經驗。

但如果，「高峰體驗」意味著：誠實地傾聽自己的內心狀態，破譯種種痛苦的試煉，解讀正發生在自己身上的生命經歷，從而對自己本身所擁有的力量更堅定自信，那麼也許，我有一些並不奇幻的凡人經驗可以分享，關於「敞開」之道，關於「當下」之念。

當禪宗不知不覺成為流行的時候，「安住當下」是人們（當然也包括我）津津樂道的一個口頭禪，但是真正地懂得「當下」的意味，卻是來自在我失業的第三年，某天早上的那一口麵包。

先說說失業前的我吧。我一直是一個自由而幸運的人，從來不是資優生，但是求學、求職都還算順利，從人才市場遞簡歷開始，成為廣告公司的小職員，繼而主管，繼而部門經理，二十五歲到了一個中國五百強企業做市場部經理，雖說不斷有所變化，但是職業生涯似乎也是可以預見的平穩而平淡。我生活的地方也因為工作需要，從廣州到上海，繼而濟南，繼而北京，一路向北，雖然總有新居，但也不是我自己的勇敢決定，只是隨順了因緣，邊走邊看。直到有一天，失戀與失業接踵發生，我才被狠狠推離既定軌道，推向一個充滿其他可能性的未知。

那時候，在探索可能性的新奇與面對未知的恐懼之間，鬼使神差地，我的好奇心暫時戰勝了恐懼。我沒有去同業尋找一個相似的職位，也沒有在朋友之中發展一個相投的男友，而是帶著一筆小積蓄一個人到了印度。但是不要看到了「印度」，就以為接下來，我要告訴你的是「一個剩女的奇幻旅程」，不是的。

第二年，我帶著公司的賠償金，又去了印度；第三年，我帶著提前支取的養老保險金、醫療保險金、住房公積金，又去了印度。但是我沒有得到神佑，也沒有受到佛力加庇，沒有豔遇，沒有開悟，沒有妙不可言的靈性體驗，甚至沒有得到一點好運氣。

相反，我得了清晨憂鬱症。那段時間每天早上醒來，我都被一種透明而巨大的不安所籠罩：今天沒有什麼特別的安排，沒有什麼事情要發生，沒有什麼東西會被改變，什麼都沒有。在別人眼裡的閒適與平靜，卻讓我無比沮喪。

原來我曾是如此地依賴忙碌，因為忙碌使我得以迴避自己，忙碌使得一切的情緒都有理由，一切抱怨都十分正當。恐懼與悲傷，涼薄與刻薄，跟失業有關，跟失戀有關，跟服務員的態度有關，跟國家的制度有關，跟人口密度有關，跟大氣品質有關，跟地球磁極有關，反正就是與「我」無關，「我」在忙碌中是安全的。

當然，我也學會了自我檢視與批判，時而自認愚蠢，時而自覺崇高。給自己貼上靈性追求者的標籤，我開始製造另一種忙，用更為高遠的意義與更偉大的目標來逃避眼下的痛苦與困惑。我學會了很多宗教詞彙，用來解釋自己的現狀，出離、不執著、放下……我讓自己看上去悲壯又莊嚴，脫俗又寂寞。但其實我需要的不是解釋現狀，我需要的是如實地與現狀相對。

如果就讓悲傷和恐懼蔓延，會不會是更勇敢的做法？不轉身，不逃跑，盯著它，看看接下來還能怎麼樣。是的，這是我的第一次「高峰體驗」，第一次勇敢地、如實地面對自己的失望與難堪，而不是去尋找失望的原因，不試圖結束失望，只是與失望本身面對面。

我發覺我當時最大的問題來自於對金錢的貧乏感——並不是因為生活在北京，卻一個星期只能花一百塊錢的生存大挑戰，而是當時的我，既對謀取世俗生活的能力產生自我懷疑，又對捨棄世俗生活、求取心靈成長的決心產生自我懷疑。既需要金錢支援，又對自己的這種需要感到羞恥。身體裡的「超我」說錢根本不是問題，「本我」卻說沒錢才是問題。貧乏感，遠比貧乏之本身更具傷害性，就像餓鬼道現前。在舊的生命局限與新的生命願力之間，我覺得自己正在獨自穿越「自我」的大峽谷，兩岸唯有險峻，進退維艱。

那個時候，每天在腦海中聒噪著，「怎麼辦？怎麼辦？怎麼辦？」如同禪師要參的話頭，只有提問，沒有答案。直到有一天，當我坐在餐桌前，陽光一如既往地、明晃晃地讓房間的每個角落都袒露而鮮明，包括我自己；風一如既往地灌進來，灰塵被揚起，在光裡迴旋，等待著被沾染，在我的裡面，也有沉屙泛起。恍然間，那個追問的聲音變了，她不再問我：「怎麼辦？」她這次問的是：「會怎樣？假如你變得很有錢，你會怎樣？假如你沒有了一切的憂慮與困境，你會怎樣？」我被自己問得錯愕。

直到現在我仍然清晰地記得，即使那個時刻已經過去了六年之久，即使這六年之中生活的變化讓人始料不及，但我仍清晰地記得，在那個錯愕過後，在心頭生著鏽的那個扣子，「啪嗒」一聲，被打開了，一個平凡而真實的答案，緩緩呈現。

我回答自己，假如我變得很有錢，假如一切的憂慮與困境都消失，在這樣的早晨，這樣的風裡，我還是會如同此刻這般，吃上一片同樣口味的淡奶吐司，喝上一杯同樣分量的香草即溶咖啡，這本就是固定宮死金牛的我的最愛。是的，在每天的這個時間，有錢、沒錢，有苦、沒苦，是沒有區別的，我已經在做，我將會做的那件事，在這個當下，這一個八點十分，和未來的某個八點十分是一樣的，我毫無欠缺，也並不貧乏。我終於承認自己在根本上的富足，而不再悲歎自己在想像中的貧乏。

這一個早晨的小小洞見，使我真正地敞開了自己，我終於願意睜開眼睛如實地去看待人生的境遇，不再神經質地小題大做，也不將其虛飾成神聖之事。我終於明白，與「這件事情為什麼會找上我」的抱怨相比，這件事情之所以發生在我的身上，是因為它對我的意義非凡，它在向我交付一股力量，而這股力量是在我的舒適區域之中根本無法獲得的。這不是什麼激動人心的神蹟，而是比神蹟還要難以置信的平常心。

你問我，這其中的轉變是如何發生的？我也不清楚，也許這就是所謂神祕的「高峰體驗」吧。

這樣的文章真寫出來，怕是要被您的責編無情退稿吧？那就全當是我拉著您，絮叨絮叨往事吧！

謝謝費老師抬愛，希望將來能給您寫出真正的好稿子來。

祝您，平安，喜樂，吉祥！

多多

二〇一三年九月二十二日於北京

我們都要好好的

原來生生被剝離，也可以是一種巨大的推動。

抒今：

親愛的，我又走了，留你一個人負責雜誌的催稿，各方的協調，你多費心了。曾經，你也是大牌時尚雜誌的編輯部主任啊，這些年離開集團，成為自由職業者，甚至無業自由者，你適應了嗎？邀你和我一起來做這一本隨時會做不下去的雜誌書，你開心嗎？這些年，我是習慣了，對於種種主動或者被動的變故，雖說不上泰然自若，但總算接受了這一點：自由是有代價的，能承受才能享受。

這次來印度，我會先在瓦拉納西遊蕩一些時日，大約一個月吧，然後再去菩提迦耶，新一期雜誌的卷首語，我會在離開瓦拉納西之前發給你。

你來過瓦拉納西嗎？這座印度聖城據說是在六千年前由濕婆神所建。話說，濕婆不是毀滅之神嗎？

每日遊走在瓦拉納西迷宮一般的巷道裡，我需要不時避讓著橫行的牛隻，還要躲閃四溢的糞尿，同時與數以百計、千計、萬計的人們接踵摩肩——他們有的浪遊而來，有的深居於此；他們有的生於斯處，有的為死而至。印度教徒相信，主管生死的濕婆神，會在恆河岸邊晝夜巡視，有幸在此死亡並在火化後被送入恆河的人，將可以直接升入天堂，免於痛苦流轉。

但是如果你經過金廟，順著巷道往前走不遠，只要往河岸的方向一拐，就靜謐下來了，所有的熙熙攘攘都被截然留在了身後，除了偶爾會傳來一陣輕微擾攘，這時人們只是微微側過身，讓出一點空間，並同時將手置於額前輕聲禱告一句——那是一具亡者的屍體被抬送過去。再往前走去，會遇到越來越多的送葬隊伍，他們安安靜靜，簌地從身旁經過，偶爾遇上一個對視的眼神，也沒有哀慟，甚至透著炯炯而靜定，如儀式中的祭師。倒是我，每次與屍體擦身而過，心都會被一下一下地牽連著：與死亡在狹路中相逢，一次次它從身後走來，從眼前走遠，我深知自己的腳下，正奔赴於同一個方向。

今天早上，當我再次與送葬的隊伍相遇，更有一種奇幻的感覺，在心中浮漫：每一具被抬舉著離去的屍體，就彷彿是在我的裡面死去的一個部分，我帶著隱密的喜悅，在為她送葬。這種奇幻感將我帶回了幾個「當初」，我不曾對你說起過的當初。

記得當初，剛剛大學畢業離家謀職，為了省錢而借宿在廣州姨媽空置的房子裡。那是一座西關大屋裡七十二家房客中的一家，要與其中六、七戶人家共用廚房與衛生間，對於初次離家、離校獨居的我，倒也不失為一種過渡式的集體生活，頗有滋味。而我所任職的媒體公司，也是一個當時新近成立的公司，我則是裡面最小的一個部門裡年紀最小的新人。每逢需要通宵加班，自然是我來擔當，新人嘛，需要鍛鍊，而工作性質，反正又毫無技術含量。所以那個小小的，常常是只供幾個小時睡眠的房子，足矣。

可是突然有一天，姨媽和母親鬧了矛盾，限我必須在三天之內，從那個她八年都沒來過的房子裡搬出去。正當委屈、氣憤、徬徨之際，聽說公司在上海有一個臨時專案需要人手，管住宿。本來根本不在被考慮之列的我，硬著頭皮，壯著膽，申請了又申請，保證了又保證，竟被接納了，成為項目助理，獨自一人去了上海，負責客戶服務。

沒想到的是，專案結束，公司在上海成立了分部，我便順理成章留了下來。一年後，上海分部撤銷，卻收購了一家濟南公司作分公司，我可以選擇回到廣州或者前往濟南，若去濟南工作，繼續管住宿，於是我又去了濟南。自此，竟一路向北，漸行漸遠漸安適。自此竟天涯各處，總有著相同的際遇：有人管住宿。

其實，從離開老家廣東的那一刻起，我就知道了一點：原來生生被剝離，也可以是一種巨大的推動。無論當時多麼的驚恐，要相信生命的奇蹟，往往都發生在自我的安全區域之外，只要你膽敢步入，就可能發現全新的境地。

又記起當初，在世間的努力之外，開始尋求出世間的精神道路。

與謀職的道路相反，尋找上師的過程因緣輾轉，一路向南，四川、香港，直到來到印度，才找到自己命定的心靈導師。雖然並沒有經歷過宗教狂熱，但是當尋回命之所皈，心之所依，那種由衷地想要融入，想要奉獻，想要確認自己真的成為組織一員的強烈意願，還是洋溢了很長一段時間。

但無可避免地，只要你還抱有世俗之心，就必然會遭到世俗的障礙——哪怕你以為你是在一個理應超凡脫俗的領域，因為一切顯現都是自心的投射與反映，有所企求，就有所失望。當我以一貫的思惟方式，試圖在精神領域有所建樹時，一切融入都被阻擋，一切奉獻都被阻攔，一切證明都被反證——最後唯一可以做的就是頹然放棄一切世俗的圖謀，徹底撕破冠以虔誠之名的偽善心機，甚至決然遠離那個曾致力於融入的「核心信徒俱樂部」，放棄成為 **VIP** 弟子。

多年之後回頭，才明白，那時的退敗，是多麼大的加持，多麼厚的慈恩——那些冷冷的剝奪，其實是最好的護持，讓凡夫機心處處碰壁，無從造次，所有的障礙，堵塞了所有的歧途，讓解脫之道，成為唯一的選擇。

就是這一次次、一層層的「死」，將我引領到了此時此刻，此情此景。

當我終於到達青煙嫋嫋、火光紅紅的恆河火葬碼頭，我也終於想起，這裡的人們之所以如同崇拜創造之神梵天一般地崇拜毀滅之神濕婆，是因為「毀滅」意味著「重生」，意味著生命的超越與解脫。

親愛的抒今，寫下這樣幾句話送給你：

當濕婆神帶著濃烈的火焰娑婆起舞時，

若你的內心因懦弱而恐懼，
又或因傲慢而狂妄，
你會看到濕婆神可怕的形象。
但若你能信任生命原初的力量，
信奉靈魂本具的慧能，
濕婆將化成光明的火焰，
使生命更新成長，
光芒萬丈。

我們都要好好的。

愛你的多多
二〇一三年十一月六日於瓦拉納西

這是一個充滿懷疑的時代

我們不是在編一個個成人童話，
我們只是用了遊戲的筆墨，真誠地把自己說破，甚至撕破。

小東：

你的紀錄片拍完了嗎？《中國情人》的劇本找到投資方了沒有？算了，還是別廢話了，我就是想跟你再約一篇稿子。這一期的主題，嗯，還是讓我把心裡的設想完整地跟你說說吧，畢竟你不是一般的作者，你是我可以不收稿費的哥們兒，嗯哼！

這是一個充滿懷疑的時代。

我們懷疑食物品質，懷疑空氣指數，懷疑中獎消息。我們懷疑來電顯示，懷疑自動提款機，我們也偶爾懷疑愛情。我們懷疑有錢人的動機，懷疑乞丐的身世，我們懷疑一切號稱慈善的組織。不時常懷疑點什麼，我們就開始懷疑是不是哪裡不太對勁。

懷疑讓我們顯得特理性，特人格獨立，對了，還顯得特犀利。

與迷信相比，懷疑當然是一種進步，是啟智之始。但是「迷信」的反面並不是「不信」，懷疑讓我們學會的是甄別與確認，懷疑的過程應當使我們從迷信走向智信，而不是墮入虛無主義。而且，若是在「懷疑一切」的口號之下，卻一直忘了懷疑自己，這也使得「懷疑一切」缺少了幾分誠意。因為畢竟這個世界，與我們對世界的認知，是俱生而相互依存的，世界從來不曾獨立於我們的認識而存在——所謂，心外無境。

然而自我懷疑需要多麼的勇敢，又需要多麼的堅定，才可保證不會異化成對這個世界的惡意呢？我們天生的自我保護意識，真的願意放手，讓我們去拆解自己的概念藩籬嗎？我們擁有多大的力量，可以跳脫多遠，好去對自己審視一番？如果並不是急於求成，我們是不是可以有一個溫和的開始，與愉快的試探？面對迷惑的亂象，我們今天到底還剩多少幽默感？

這些問題，在我為此書立題組稿之初，其實並沒有明確的答案，而僅僅是如同靈光一閃般想到：讓我們以動物的角度，書寫人類，怎麼樣？不管這個書寫的過程，是帶來了戲劇性的荒誕，還是啟動了一絲對現實的疑情；也不管讀者讀到的是對人類的嘲諷，還是生起了對人類的悲憫。就讓我們把這一期的《我們》，做成一次實驗，提供一個新奇的觀看角度，讓懷疑變得更有一些意義。當我們化身成動物，去質疑世界，去挑釁自己，我們不是在編一個個成人童話，我們只是用了遊戲的筆墨，真誠地把自己說破，甚至撕破。

小東，讓我們帶著透徹的自省與清澈的光明，一起走過這個充滿懷疑的時代。答應我的約稿，成不？

多仔

二〇一五年五月八號於印度喜瑪雀

給自己的信

如果沒有足夠的福報遇到一個滿意的人，
那就要看你有沒有足夠的智慧，
改造一個不太令人滿意的人了；
如果智慧也沒有，
那就只能看你有沒有足夠的修養，
接納那個實在不甚讓人滿意的人。
如果這些你通通都沒有，
親愛的姑娘，你總該知道了吧：
世上真的沒有完美的人哇！

兩條腿

以智慧攝方便，或以方便攝智慧，
都是解脫法。

善友尹璐：

那日共修是不是你問老師來著，既然眾生如幻，佛也如幻，為什麼還要修行？好像是你吧，老師說讓大家回頭給你解釋。老師很早就曾經跟我們討論過這個問題，以下是我的一點心得，供養給你。

很多人，當然包括我自己，在接觸到佛法中關於般若空慧的教授時，都會很困惑。不是困惑於一切法的無自性、如幻性，也不是困惑於眾生是幻而不實有、如來亦幻而不實有，苦是幻、樂是幻、佛果也是幻，沒有任何一個真實有自性的地方可以讓我們躲藏。最困惑的是，既然一切都是如幻、性空的，那我們到底在修什麼呢？為什麼而修呢？修到哪裡才是終點呢？

這幾年來老師帶著我們學習《華嚴經》，慢慢地，我大概摸索出了一點修學理路。佛法其實可以說是包括了兩部分內容，這兩部分內容不能相混淆，也不能夠相互替代。這兩部分內容可以概括為：佛法的存在論與價值論。

佛法的存在論，討論的是「世界是如何存在」的問題。最後的結論是：一切法空、如幻，一切法都是「不真實存在」的。這就是佛法的「智慧」。

而佛法的價值論，討論的是「在如幻的世界裡，什麼是有價值的」。要知道，並不因為一切法都相同地如幻，所以一切法的價值相同。依佛法的觀點，對眾生有益的，能讓眾生離開如幻的苦，得到如幻的樂，才是有價值的。這就是佛法中的「方便」。我們學佛，要追求的是「價值」，而非一個真實的「存在」。

所以，當我們學習般若空慧的時候，當我們去讀《心經》、《金剛經》、《華嚴經》的時候，我們是在研究佛法的存在論，去了解佛所證得的世界的存在方式。然後安住在一切法如幻的見地上，實現佛所教導的價值——以因果為抉擇的標準，實現由「善的因」導致「善的果」的價值。這就是《金剛經》所說的「離一切相，修一切善法」。

要永遠記住，方便為佛父，智慧為佛母，兩者一定要雙運，才能生出佛果。如維摩詰居士所說：「以智慧攝方便，或以方便攝智慧，都是解脫法。離智慧的方便，或離方便的智慧，都是繫縛法。」我等學人應謹記！

深深感恩善知識的深切教誨，至誠頂禮！願將這鸚鵡學舌一般的文字與你分享。共勉！

多多

二〇一五年八月二十八日於北京

給自己的信

繁世繚亂，終究是與己無關。
得失取捨，畢竟是與人無尤。

所謂愛的能力，
應該包括「我們能不再聯繫嗎？能。」的那種能力。

做個有錢人

只因生命曾如此待我以誠，容我以一桌素真滋味報答。

Sophie：

親愛的姊姊，你匆匆地來到北京，又匆匆地回去，我們還沒能好好地坐下來聊聊妳辭職後的新生活呢。妳在微信上跟我說，現在不比之前，花錢需要更有規畫了，曾經被寵壞的自己，需要開始學習自律。其實我最近也一直在思考，如果收入沒有更多，時間沒有更寬裕，有沒有可能讓自己過上「更富有」的生活？

先說衣物。因為並不富裕，我決定不再買廉價的衣服。是的，你沒有看錯，我要戒掉的是廉價的衣物，因為廉價，會讓我去買下很多原本並不需要的東西——你以為自己並沒有太奢侈，你以為自己占了便宜，其實廉價的重複購買，既占用了選購的時間，又占用了存儲的空間。我住的地界，房價已經接近九萬，拿出三平方米來放衣服，那就是二十七萬吶！而且，廉價的衣物往往使用率並不高，對它失去興趣也快，與其買十件兩百塊的衣服，不如買一件兩千塊的，品質好，又因為是精心選購的結果，所以使用率也高，即便是日子久了，衣物褪色、破損，也因為其矜貴，而願意用心去修復。最近我學會了植物染，那些因為穿久了而發黃的白絲衣，我熬了薑黃、石榴、蘇木、茜草、五倍子和荔枝，將它們染成了彩衣。與隨手拋棄相比，修復自然是費時、費事、費思量，但這惜物之心，就是對地球的供養呀，也是使內心變得富足的善因緣。

說到這，讓我想起了在印度看到的情形，那裡的女性所穿的紗麗，幾千年來都沒有改變過樣式，而正因為款式單一，極致的用心都落在了材質與手工上面。直到現在，還能在古衣店裡買到幾十年甚至上百年前鑲著珠寶的貴婦人的衣服，竟然完好如初，鮮豔如初！我們又何必為了短暫無常的流行，不斷購入廉價的新衣呢？而且最近我開始意識到，自己那種上癮式的購物，其實是一種下意識的對自己的安撫——在我們的內心一直有一種隱祕的、難以自覺的小痛苦、小不適，我們總是需要不斷給自己買禮物，哄自己開心。而購物帶來的小快感，不僅稀薄而短暫，更會不斷地分散我們的注意力，讓我們看不到自己真正的問題所在，找不到不快樂的根源。也許心裡的那些小洞洞，就是我們一直難以感到富足的原因吧。我要勇敢地把它們找出來，而不是輕易地被分心。

再來說說吃。我住在北京，而你在上海，我們應該都深有體會，若是能少幾次外出用餐，光是省下來的時間和金錢，就會很可觀，更不用說食品安全和健康方面的好處了。以北京為例吧，有機蔬菜送貨上門，一個月的消費六百塊，可以有六十斤的時令有機蔬菜。六百塊，在北京的餐館，就算 AA 制也最多只能吃十頓地溝油飯而已吧。而我的一個北京朋友，她在郊外的農村租了一小塊只有幾平米的農地，租地和請當地農民幫忙種地的錢，一年才三千塊，她跟我說：「現在才知道，土地給予我們的竟是那麼的多，我的那一小塊土地上出產的蔬菜水果，我們全家根本受用不完，還需要到處去找朋友送掉。」

此外還有赴約的時間，住在大城市裡的我們，要跟朋友吃頓飯，光路上來回就是一兩個小時，再吃上兩個小時的飯，六分之一天就沒有了。而這種社交聚餐，到底有多少是高品質的情感交流，又有多少是在消費彼此的時間以填充自己的無聊呢？真的不好說。

記得在不丹的時候，十幾天行程下來，我吃到的幾乎都是同樣的菜品。問當地的朋友，不丹人是不是很不講究吃？朋友回答：「是啊，我們從來不會為了三寸的快感而費思慮。」我疑惑什麼是「三寸的快感」，朋友解釋道：「就是我們的舌頭啊，再美味的食物，能享用的也只有那三寸的距離，過了喉嚨，就沒感覺了，又何必追求那麼多過分的味覺刺激呢？」這種輕而易舉的滿足感，大概就是富有的感覺吧。

所以我現在已經開始每天自己買菜做飯啦，雖然是自己一個人生活，可是在吃飯這件事上，真的是一個人也過得像一支隊伍。而且買菜、洗菜、配菜、切菜、做菜這個過程，有時候竟然比打坐禪修還要專注跟讓人安心。將簡單的素食做得營養又可口，將自己的身體料理得妥帖又不過分嬌慣，慢慢地，還真是會生出一種真切的幸福感呢。

回想起來，客居北京，也有十多年了，頭七八年基本都是在外用餐或者依賴外賣，整個生活都是過客的狀態。如今只想要好好地做一回這個城市的黃臉婆、凡庸的婦人。它給過我的幻夢與浮華，我就用一碗白飯奉它；它見過的我的那些青春與年華，我用一杯清茶祭它；它陪過我的那些窘困與倉皇，我用一缽滿滿的燉冬瓜煨它。只因生命曾如此待我以誠，容我以一桌素真滋味報答。

不過，跟衣物、食物相比，我覺得我們如今最貧瘠的，還是時間。雖然你我現在都是自由職業者，不需要每天打卡上班下班，可是感覺時間的品質卻越來越不如往年。

在還需要打卡上班的那些日子，每天上下班坐地鐵需要兩個小時，那個時候都還會每天在包裡放一本書，每天能有兩個小時的閱讀時間。如今我的時間卻被微博、微信、微視頻分割得支離破碎。一開始，我們以為那些消遣，只是為了填補零碎的無聊時間。漸漸地發現，它們其實占用了我們絕大部分的時間。我們不再寫經過深思熟慮的長文章，我們不再讀經過精挑細選的好書籍，我們不再投入地看一部寓意深刻的好電影。我們的生活變得雞毛蒜皮，雞零狗碎，雞湯橫流。

想念在泰國森林寺廟裡閉關的日子，沒有手機、電腦等任何電子設備。細算下來，一天竟然可以有十個小時禪修，七個小時睡覺，兩個小時靜心吃飯，一個小時清潔，一個小時讀書，一個小時交談、分享，還有很多富餘的時間用來無所事事！那個時候甚至沒有精進的感覺，因為每日都過得自然而閒適，並不覺得自己有在奮力做著什麼，不過是依天時而生息罷了。

所以，我決定要給自己一個艱難的功課，規定自己每天在一個特定的時間，例如晚上八點到十點，堅決不碰手機、不上網，為自己準備一個完整的時間段，可以用來閱讀、寫作，看一部完整的電影，或者只是去專心地發呆。我要學習不僵硬也不散亂，放鬆的同時一心一用。可是老實說，在日常生活裡要做到不散亂，真的比在寺廟裡閉關、在佛堂裡念經打坐挑戰得多呢！啊，我的手機仁波切，請加持我戒掉你！

希望我能夠真正地富有而知足地生活，從朝聖的異鄉帶到現前當下，從那些「落後」的國家帶回高速發展的北京。親愛的，我希望，無論身處何方，我們都能清楚地知道，自己真正需要的是什麼，希望我們都有斷捨離的力量。

希望下次的見面不要再太匆匆，保重！

多多

二〇一五年九月三日於北京

給自己的信

蘋果樹從來不曾證明自己會結出蘋果，
幽蘭也從未急於開花。
你不必說服誰，
不必向任何人施展任何證明，
你唯一要做的只是安靜地成為你自己，
你唯一要知道的是，
你是誰。

繼續做就是了

出離心是一種穿越的能力，
一種於一切顯現不避不讓，正面相迎，
但又兩不滯礙彼此穿越的能力。

親愛的大雄：

喜瑪雀的雨季快要來了，你是知道的，當接近雨季，這裡會三天兩頭地來一場暴雨，直到最後每天都是暴雨，整整兩個月不間斷。而智慧林這裡又跟上密院不一樣，我懷疑這裡的山間住著龍，很多很多的龍，這裡的雨天必定伴隨著大雷電，但雷聲總是沉沉的毫不乾脆，一響起就是一長串，從西邊翻滾到東邊，像是一頭老龍一邊翻身一邊清嗓子，他大概是擠著誰了，於是大大小小的龍都騷動起來，推搡著，嗚嚕嚕抱怨著。今天又是一個暴雨天，雷又把電線劈斷了，我從蒲團上往窗外看，剛好看到遠處的電線上火花四射。入了夜還沒來電，法本是讀不了了，於是想起來給你回信。

你說生活苦，修行苦，退回原地苦，硬著頭皮往前走苦上加苦，你呀，真是個典型的天蠍座，這世上的浮華與虛榮再妙曼，也騙不過你，你總是一眼就看到那層苦的底色，那掙扎的無用。你說我總是樂天，總是能把無趣的生活搞得很好玩。是啊，這也許就是我受苦的方式吧——苦來了，我就受著，不砍價不談條件不求安慰甚至不怎麼正眼看它，哦苦啊，你又來啦？坐吧，想喝點啥？別客氣，你自便吧，就當在自己家一樣。你可知道這背後，其實是因為深知自己的無能為力，深知反抗的徒勞。而樂天，也許就是來自對自己無能的認命吧。

然後，我們遇到了佛法。但我們都不是那種善於自我催眠的宗教徒，我們要的不是安慰劑，我們甚至極度反感那種宗教外衣下的虛偽與自我欺騙，這使得我們錯失了宗教狂熱帶來的短暫快感，不過又如何，誰稀罕！

還記得嗎？我跟你提到過的，在菩提迦耶的街頭，我被一個陌生人截住，跟我說了一下午她的煩惱。大概她是一個比較敏感的人吧，總是頭一天覺得一個上師無比的神聖，到了第二天又發現他不過爾爾；第一天聽法覺得醍醐灌頂，第二天又懷疑是否真的如此。或者生活中各種各樣的小事件，都會影響到她，使她忽悲忽喜、患得患失、乍驚乍怒。她問我，學了佛怎麼還會這樣？

聽到最後，我對她說出了一番事後才突然發覺其實那是我自己當時最需要聽到的話：「我向你保證，即便是成為佛教徒，即便是開始了艱苦的修行，你的生活還是會充滿苦和煩惱，永遠會有人突然闖進你的生活又突然離開，修行不會一下子改變什麼，修行在這個時候唯一的作用就是讓你知道，無論發生了什麼，經歷著什麼，你還有一件更重要、更有價值的事情可做，繼續做就是了。」

嗯哼，就是這樣了，哪有什麼殊勝的發心，哪有什麼高尚的理由，不過是一念無由地相信，相信那件事情對你我無論是沉重還是輕狂的生命來說，都是值得為之，值得以命相抵。

哦對了，跟你分享一個想法。最近開始覺得，出離心是一種穿越的能力，一種於一切顯現不避不讓，正面相迎，但又兩不滯礙彼此穿越的能力。等你日後有機會來到我住的這個松林，我們一起去看風穿過樹林。

願平安喜樂！

愛你的朵拉A夢

二〇一六年五月二十九日於印度比爾鎮智慧林

我知道，我懂的

也許，可令人安於寂寞的那件事，就叫作修行了。

妞：

你在幹嘛呢？還在複習日語嗎？還是又開始埋頭縫衣服。收到你托人送來的短衫和長裙的時候，是在德島，三月的日本冷得一直捨不得打開那層包裹的宣紙，將它們背回了印度。

喜歡看你給每一件衣物寫的製作手記：

二〇一六年二月一日作，三月十六日止。

染人：羅秀蘭，貴州黔東南，丹寨縣。

工藝：初，每日手執竹棍攪動，不可計數。時，澱沉於底，凡靛入缸，必用稻灰水先灰五升，攪動數十下，澱信即結，水性定水浸七日，其汁自來，每水漿一石，下石。凡造澱葉與莖多者入窯，少者入桶或缸。

子口細密納針。

整衣全手作隱斜針。

手作針數：六千一百五十一針。

我在想，你做衣服的時候是不是也會像我閉關一樣，在選好的那個日子鄭重地開始，然後每日用念珠記下當天縫過的針數？會不會像我一樣，既希望早日完成計畫，又不捨得這日復一日美好又單調的日子太快結束？你會不會也時常生起這樣的念頭：「傻哦，想那麼遠幹什麼，眼下這些還不夠令你全心傾注的嗎？」

也許，可令人安於寂寞的那件事，就叫作修行了。

你說你希望你做的衣服，可以讓人穿一輩子，破了你來補，舊了你去染，你偏不信衣不如新，但你又篤信人不如故。這樣的一生懸命，惜取的人會遇到嗎？我其實是不太敢發誓，對哪個物件、哪個人會一直無變地愛下去？畢竟愛，也是眾緣和合，而自己，只是這眾緣裡最微不足道的小因緣吧。

過去總是對苦、空、無常，感到無奈又哀傷，若不是出自佛之口，真不願意就這麼接受啊。可是現在，竟覺得苦、空、無常才是輪迴裡最大的恩典——因為有漏皆苦，你放下的任何，都不值得惋惜，你放下的所有，都是放下苦；因為無常，所以一切恆新，永遠來不及厭倦，更勿論執取；因為性空，才可以遊戲啊，才可以穿梭出入，自由來去。因為這樣想著，過去很多不願意接受的命數也接受了，過去不願意承認的怯懦也承認了，反而漸漸勇敢了起來。

是不是你也有著類似的想法，所以才決定投入到那個陌生的未來呢？

到了日本，可能一開始不那麼容易哦，會有很多很多的規矩，讓習慣了漫不經心的我們感到不自在，甚至自己都會嫌棄自己。不過你是一個比我自制力強太多的人，應該不會像我一樣給別人添麻煩。

師兄們在告別的時候往往喜歡互相逗趣地說「苟成佛，勿相忘」，一副「將來富貴了別忘了拉兄弟一把」的樣子。我倒不在乎日後是否會忘了彼此，我更擔心自己會忘了曾經受過的那些虛妄的苦，擔心自己在遇到同樣的苦者時，竟對他人的虛妄輕慢起來，完全忘了自己也是這樣一路走過來的。我知道你也受過很多苦，但是只要想想，將來菩薩道上，正是因為這些受過的苦，我們才可以對著某個哭泣者堅定地說出「我知道，我懂的」這樣的話，這些眼下的苦，好像就莊嚴起來了呢。所以，一起加油吧！

不知道在你出國之前還會不會再見面了，這就算是對你暫時的告別吧！

珍重啦！

多

二〇一六年六月三日於印度比爾鎮智慧林

一件正確的事

自從你對我沉默，我也開始沉默，但歡喜。

親愛的上師：

是的，
對於修行這件事，
甚至對於解脫這件事，
我的神聖感越來越少了。

不知道從什麼時候起，
哦，也許，
從你不再示現各種神奇，
不再殷殷愛語的時候起，
我不再覺得自己正在做的，
是一件多麼偉大的事，
不再覺得那是一件多麼美好的事，
也不再覺得那是一件多麼與眾不同的事。
我開始知道，

在這從未圓滿的世間，
以這從未真正安穩快樂的生命，
尋找通往亙古寂靜的實相，
以及為尋找實相付出一切，
只不過是，
一件正確的事。
除此之外，我們還有什麼可以做的呢？
自從你對我沉默，我也開始沉默，但歡喜。

感念您的慈恩，噶瑪巴千諾！

愚鈍弟子扎西拉姆

二〇一一年一月七日於北京

PART TWO ⊙ 親愛的小孩

親愛的小孩，

請原諒那些，還沒來得及想好就長大的大人們。

親愛的你：

謝謝你的耐心，一直看到這本書的這一頁。

親愛的，我必須向你坦白，你前面看到的所有內容，其實都不是我出版這一本書的本意。這一本書，其實是為了你接下來即將讀到的二十三封給孩子的信而出版的。

在過去的兩年多裡，我一直在為一本兒童雜誌寫作，不定期地為那些給雜誌寫信的孩子們回信。我一直想將這些真實的來信與回信集結出版，但又擔心一本以兒童為主題的書，不足以引起你的注意，所以才增加了前面的一章，給大人的信。

我知道，這些孩子的來信裡所表達的問題，可能對你來說太幼稚，太可笑了；我知道，這些我給孩子們的回信，也可能對你來說太淺顯太囉唆了。但我還是那麼想要將其集結出版，因為，第一，我希望父母們能夠藉此知道，孩子們原來需要獨自面對那麼多困惑，而這些困惑他們往往不會向父母傾訴；第二，我更希望的是，每一個大人都能藉由閱讀這些信件而重新觀照自己的內在孩童，重新回到那個當年，告訴曾經困惑的自己，一個足以療癒的答案。

相信我，哪怕事隔經年，你仍然有機會與那個小孩對話，你的苦，你的痛，你心中的那個受傷的小孩，需要你，你還有機會擁抱他，他的痊癒才是你真正的成長。

你要相信我，親愛的，因為就是在那些給孩子們回信的當下，我與我的內在小孩，第一次相擁而笑。

祝你讀後也微笑。

多多

二〇一七年一月二十四日於印度菩提迦耶

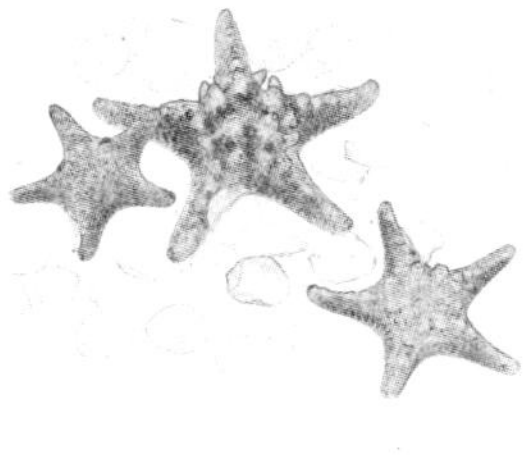

大米小姐的小世界

我們也是大自然的一分子啊，
我們也有我們獨特的、一個奉獻給世界的面貌。

多多姊姊：

您好！我的名字叫米靜桐，大家叫我「大米」。

我給您寫信是有問題向您求助。

我在班裡學習成績還算不錯，每次考試都排在前二十名。我也有很多優點，大家也都愛和我玩兒。但自從我上了五年級，我發現我開始自卑了，因為我長得不算漂亮，還很胖，有時候家人為了督促我減肥，還用一些不好聽的話刺激我。而漸漸地，我也覺得他們的話是對的，也覺得自己長得很「噁心」。我多次問朋友，我是不是很胖，是不是很醜，可朋友們都說：「你為什麼這麼想，你很棒呀！」儘管如此，我還是開始自卑了，我想如果不讓這感覺消失的話，後果會很嚇人。

多多姊姊你有什麼好方法嗎？

我很期待您的回信哦！我不要自卑！

米靜桐同學

親愛的大米：

你好！

不知道此刻，你的窗外都有些什麼？

而在我的窗外，遠處是一個寂靜的山谷，山上種著松樹、白樺樹、楊樹，還有一些不知名的灌木。

松樹並不是那種常青松，松針都已經變黃了。前幾天下了大雪，我看到枯黃的松枝托著厚厚的雪，那副又憨又強的樣子，真是可愛。

而白樺樹和楊樹呢，樹葉早就已經掉光，但那些光禿禿的白枝椏，竟也有一種獨特的美。尤其是在朗日藍天下，晃著眼的白樹枝，奮力挑著那幅巨大的湛藍幕布，要不然，天上的藍喲，怕是要傾瀉下來了呢！

因為有成排的白樺樹和高大的楊樹頂著天、立著地，小小的灌木於是便有了足夠的空間，簇擁也好，獨立也好，生長也好，萎頓也好，它們各自存在著，各自生動著。

而在灌木叢的底下，其實還有很多草皮與地衣，但是它們都睡去了，身上蓋著白雪織就的毛毯。冬天裡，它們是最安靜的，但是只要春天一到，你放心吧，它們將是最熱鬧的一群！

親愛的大米，你有沒有看見過這樣的山谷和樹林？你會不會也覺得這樣的景象很美好呢？你知道這一切的美好是因為什麼嗎？在我看來，這個世界正是因為「不同」而「豐富」，因為「差異」而「美好」的啊。

松樹從來不會嫌棄白樺樹瘦，而楊樹也絕對不會笑灌木叢矮。它們用不同的方式分享同一個春天，它們以不同的面貌奉獻給同一個自然。我們也是大自然的一分子啊，我們也有我們獨特的、一個奉獻給世界的面貌。

親愛的大米，任何時候，你若是覺得自卑，請眺望一下你的窗外吧，那裡有一個因為多樣而多彩的世界，正在為你敞開。任何時候，若是有人故意令你自卑，你就帶他到大自然中去吧，你要抬起頭，迎著陽光對他說：「嘿！如果你要做樹先生，我不會反對，但是請允許我，去做那快樂的稻米小姐，OK？」

多多

二〇一〇年十月二十五日於五台山文殊洞寺

少女的皮鞋

我們永遠無法解決所有人的問題，
甚至無法解決身邊最親密的人的問題，
我們只能做自己的勸解者、安慰者與引導者。

多多姊姊：

您好！我是一名初二的學生。父母雙雙進入更年期，經常吵架，以前還不要緊，最近母親要不說父親有外遇，要不說父親把錢給了別人。父親也因為這些經常和母親吵。姊姊不在家，我只能一個人勸解，但他們完全不聽勸。我有時半夜醒來聽見他們還在吵。我心裡很不痛快啊！我還要安靜地學習呢！

我想問一下，作為一名正處在青春期的兒女，我該怎麼勸解啊！

煩著呢我

親愛的少女：

你好！

請相信我，你的父母，他們並沒有進入更年期。我算了一下，他們的更年期將會在你工作已經有幾年的時候到來，而那時候你也許正在為「是應該留在待遇較好，自己卻不喜歡的職位上呢，還是勇敢挑戰一個新領域走自己的路」這樣的問題而糾結，是的，大概就是那個時候。

而當你終於在職業上找到自己的定位，卻錯過了結婚生子的最好時機的時候，你父母會到達更年期反應的最高點，對此你要有心理準備。那個時候，你將陷入另一場糾結，到底「聽從父母的安排卻不快樂」是孝順，還是「聽從自己的心卻很幸福」才是真正的孝順？

又過了若干年，你會發現父母終於心如止水，成為一雙沉默寡言的老人，卻很有可能仍然處處不合你的心意，你依舊每天煩得要死。那是因為，你的更年期終於也到來了。

親愛的少女，這就是人生，這就是家庭啊——不是我有問題，就是你有問題，大部分時間，大家一起有問題。而當你有一天走進社會，你還會發現，哦買噶的！原來人人都有問題！

如果在一個小小的家庭裡，我們尚且可以努力去勸解爭吵的雙方，那麼面對那個充滿爭吵的世界，我們該如何安慰它呢？如果家裡的地板很乾硬、粗糙，我們可以鋪上地毯保護我們的雙腳，那麼踏入那個荊棘滿布的廣袤大地時，我們該如何是好呢？

不要沮喪，親愛的少女，其實答案很簡單，只要在自己的腳上穿上一雙鞋就好了。

是的，我們永遠無法解決所有人的問題，甚至無法解決身邊最親密的人的問題，我們只能做自己的勸解者、安慰者與引導者。

雖然不容易做到，但是少女——

在他們爭吵的時候，你要努力成為家裡最安靜的那一個，並對他們說：「如果你們需要有人聆聽，可以來找我。」

在他們哭泣的時候，你要努力做堅持微笑的那一個，並讓他們知道：「如果你們需要向誰傾訴，可以來找我。」

在他們互不理睬的時候，你要是努力給予溫暖的那一個，並請他們相信：「如果你們對家庭失望，我會是你們的希望。」

親愛的少女，我知道要做到這些，真的很難，所以我為你準備了一條神奇的咒語，你要每天早晚都念三遍哦！聽好了——

我是最美麗的太陽花，我生命裡出現的一切困難都是我的養料，我最終將光耀一切與我相遇的生命。啦啦啦，啦啦啦！

最後的「啦啦啦」不可以少哦，不然咒語就不靈囉！

多多

二〇一〇年十二月二十日於五台山

——— 給自己的信 ———

愛與痛，是塵世跋涉的雙足——
沒有愛，我們將無法給予自己和他人快樂；
沒有痛，我們將不懂令自己和他人遠離痛苦。
愛成就仁慈，痛成就悲憫。

當你傻傻 地站著

我願你永遠不懂，傷害為何物。

多多姊姊：

我是一名初中生，學習還不錯，但我現在有個煩惱。就在今天中午，有兩個我經常見到的小學生，故意把我的自行車胎扎破了，但我卻不知道該怎麼處理，在那傻愣著，眼睜睜地看著這兩個壞蛋溜走。回到家，告訴媽媽，媽媽說我不能就這麼算了，說讓我打他們一頓，但平時乖巧的我從來沒有打過人罵過人。雖然我很生氣但是我卻不知道該怎麼做。多多姊姊你能告訴我該怎麼辦嗎？

Jack

親愛的 Jack：

你知道嗎？你是一個很善良的孩子。就算你的媽媽，甚至你自己都會覺得你太傻了，但是我要告訴你的是，與憤怒、攻擊、報復相比，傻傻地站著，已經是一種莫大的良善。

孩子，當你面對傷害卻茫然，這是因為在你的內心沒有傷害的種子，沒有關於傷害的概念，你無法理解那些你從未思慮過的現象。而這種茫然無措，這種懵懂無知，你可知道，在成人的世界裡，是多麼稀有難得。

在你長大之後，你也許會發現，這個世界充滿著傷害，有心的、無心的、可以預料的、無法理解的、可以原諒的、無法修復的……經歷過這一切之後，也許你會變得聰明而世故，敏感而機警，因為有一顆深諳傷害的心，你善於揣測形形色色的人，林林總總的心態。那個時候，也許人們的一舉一動、一顰一笑你都能做出一番解讀，幾般預設，以及許多防範。那個時候，也許這個世界已經無法輕易傷害你，但也許，你已經開始對自己施加一種無法逆轉的傷害，那就是，你不再相信美好。成人的世界，就是從這不信任開始，而變得高牆林立、荊棘滿布、一觸即傷的。

所以孩子，我願你永遠不懂，傷害為何物。

然而，我們畢竟不是生活在真空裡，有一些事情總歸是要去經歷，有一些傷害始終

都會發生。我想，這時候有兩件事情是我們可以去做的：

一、用最大的善意去揣測他人。我們要用最大的努力去相信，他人之所以做出傷害性的行為，說出傷害性的話語，只是因為他們在追求快樂的時候沒有足夠的智慧，不能夠找到真正無害的快樂之法，而將自身的快樂建立在他人的痛苦之上，這一切都是因為愚，而不是因為惡。我們要用最大的努力去理解，他人的那一顆尋求快樂的心，是與我們自己並無二致的。所謂的傷害，只是在尋求快樂的過程中，沒有找對方法。就像那兩個比你小的孩子，你要相信，他們只是覺得偶爾做一些頑皮的惡作劇，是件挺有趣的事情，他們從中獲得了一些小快感、小愉悅。

二、要努力減少傷害，而不是通過報復來增加傷害。既然我們已經領受了傷害，已經體會到被傷害的痛苦，已經了解施害者會被他人所厭惡與惱恨，難道我們還要去做第二個施害者嗎？我們豈不是因此而成為自己所厭惡的那種人了嗎？如果有機會，我們應該勇敢地表達我們的感受，令對方知道，他們的言語和行為帶來了什麼樣的結果，告訴對方：「我願意相信你不是故意的，但是你的無心之舉令我備感困擾與傷害。」然後，我們應該給予對方解釋與道歉的機會，給予他們反省自己與修正自己的機會。

倘若他們仍然不知道何為正確，那麼，就讓我們成為那個正確的模範吧，將正直、寬容、友善，這些我們想要分享給他們的價值觀全然體現在自己身上。假如他們因此而有所領悟，很好；假如依然不能，那起碼我們自己也活對了，不是嗎？

親愛的**Jack**，謝謝你的來信，提醒了我在這個難免彼此傷害的世間，該如何自處。

我們一起加油，好嗎？

多多

二〇一二年一月十八日於印度菩提伽耶

告訴他們你是誰

在整個生命和心靈成長的過程裡，
我們要保持對自己的覺知，對世界的體察，
保持一顆清醒、光明、柔軟的心。

多多姊姊：

我是一個學古箏的女孩子，平日裡文文靜靜的我，卻因為這幾天和班上的男同學有些矛盾，竟變成了這些壞男生口中的「母老虎」。我想變回原來的自己，可是在這些男同學面前，我總是不由自主地變得很凶，我很煩惱。

一個煩惱的女孩楊帆

親愛的楊帆：

你好啊！

你知道嗎，我們總是通過兩種方式認識自己從而形成自我意識，第一種方式是自我認知，第二種方式是藉助外部的參考點來評價自己。

自我認知是我們對自己的洞察和理解，包括自我觀察和自我評價，我們會對自己的感知、思惟和情緒等方面有所覺察，也會對自己的想法、期望、行為及人格特徵等有所判斷與評估。為了能夠完整而客觀地進行自我認識，我們需要跟自己好好地相處，陪伴她，傾聽她，觀察她，要鼓勵她，也要規勸她，做她最親密無間的朋友。

同時，我們也會通過外部世界來認識自己，例如通過與他人的比較，他人所做出的評語，集體的價值觀與自我價值觀之間的對比等等。總體來說，就是通過自己與外在世界相處的關係，來確立自己的位置。但是很重要的一點是，我們如何認識世界，世界就會如何認識我們——如果你以一顆光明良善的心去認識世界，你所呈獻給世界的，就是一個明媚善良的你；如果你以挑剔尖刻的心去認識世界，世界眼中的你也將是尖酸刻薄的。所以我們也要跟世界好好地相處，張開眼，打開心，接納不同的聲音，嘗試站在不同的立場，勇敢地去了解事物的不同面向，只有這樣，世界才能了解你的不同面向，你才能呈現給世界一個完整而真實的你。

如果通過以上這兩個途徑，我們能夠對自己有一個很清晰的認識的話，偶爾個別人的戲謔話語，就變得不是那麼重要了，那只是偶爾拋入池中的小石子，可能會激起一些小漣漪，但是並不能改變湖水清澈的本質，不是嗎？

請記住啊，親愛的女孩，應該由你來告訴世界，你是誰，而不是由他人來告訴你，你是誰。所以，在整個生命和心靈成長的過程裡，我們要保持對自己的覺知、對世界的體察，保持一顆清醒、光明、柔軟的心。

祝福你，親愛的女孩。

多多

二〇一二年三月三十日於印度

我很在乎

我聽到了，你的話我很在乎，
請你也像我一樣在乎你說過的話，好嗎？

多多姊姊：

我叫小雨，我的家人，很不守承諾，比如我媽媽說這個星期天帶我去買衣服，可是到了那一天，媽媽就像沒有那回事一樣，我每次都是很失望地只能在家裡玩。

還有我外婆很囉唆，一件小事說一天，說來說去就那幾句話，我的耳朵都聽出繭子了，她不嫌煩我還嫌煩呢！我不是在批評我外婆，我只是在給她提意見。

我到底該怎麼做才能讓她們又信守承諾又不囉唆呢！

向多多姊姊求助的小雨

親愛的小雨：

看到你的來信，我彷彿看到了小時候的自己。小時候的我，也常常因為大人的不信守承諾而悶悶不樂呢，感到不受重視，被欺騙，被敷衍。

大人們，尤其是父母，他們並不知道他們的每一句話，每一個行為，對我來說是多麼重要，他們的言行是我所依賴、所跟循、所模仿的主要對象。父母慈愛、智慧的言行，既讓我感到安全，又能幫助我寬心；而父母偶爾流露出來的冷漠或者厭煩的言行，卻讓我感到無比的無助與傷心。對於那個小小的我來說，父母就是天。

但那時候的我，並不會表達這種深切的感受，也不像你，可以向任何人去傾訴，只能一個人默默地生悶氣，卻反而被認為是不懂事、不體諒父母。直到現在，我自己也變成了大人，終於開始懂得，也許對於父母來說，他們並不一定知道，在我們的心裡，有多麼在乎他們的每一句話——無論是讚歎還是苛責，無論是應承還是允諾，他們也許真的不知道呢。因為在成人的世界裡啊，言語太機巧、太繁多，承諾太隨意、太輕薄，大人們大多不會太在意那些來來往往的言語，那些真真假假的承諾。所以啊，除非我們很鄭重地告訴他們，否則他們就會忘記，自己的言語對一些人來說，是如此的重要。

同樣的，你說外婆很囉唆，一件小事也要重複很多遍。其實原因也一樣啊，她不知道她的話你已經聽到了，並且是在乎的，所以才會一再地重複。而真正的在乎，不僅僅是答應一聲，點一下頭就算了的，真正的在乎，需要有所交流。如果對方說的話、所提的建議，你同意，你可以去執行的話，就去做；如果你不同意，就把你的看法勇敢地告訴她，如果你做不到她的要求，也要把做不到的原因告訴她，在交流與互動中，令對方知道，你在乎。

所以呢，試一試，以後當大人們跟你說話的時候，看著他們的眼睛，認真地聽著，然後告訴他們，我聽到了，你的話我很在乎，請你也像我一樣在乎你說過的話，好嗎？

祝福你，親愛的小雨！

多多

二〇一二年四月十九日於印度汐巴利小鎮

給自己的信

那種一見面就情深似海、
一相處就如膠似漆、
一結婚就白頭到老的殊勝姻緣呢，
其實就跟轉世靈童尋訪小組一樣——
如果早年間不出現，
那就不會再出現了啦！
那就是你前世沒修到過那樣的深情，
沒有天上掉下來白撿的真愛啦！
怎辦？
沒人來認證你是前世愛侶，
你就接著修唄，
跟生命中那些不太好的姻緣練啊，
白手起家。

微笑，深呼吸

為什麼要急著摘掉，
這一段如寂寞的無名小花一般的，隱祕的幸福？

多多姊姊：

我現在念初一，我暗戀一個初三的男生。我清楚地知道他馬上就要畢業了，過了這幾個月，他就將離開。並且我也明白這樣十分影響學習，特別是我現在的成績也不是那麼理想。但我總忍不住放學後在車站看他，那時總會有一種小小的滿足感，儘管他根本不認識我。

我不知道怎樣才能忘了他，我到底該怎麼辦？

文

親愛的文姑娘：

在這個春末夏初讀到你的來信，感覺很像是我手邊的這一杯檸檬蜂蜜水。

親愛的，如果你想忘記一個人，那麼你最好不要努力試圖忘記他。因為當你努力要忘記一個人或者一件事的時候，你唯一實現的就是不斷地記起，不斷地加強能量，灌注於你要忘記的那個對象，使他盤桓於心頭，揮之不去。

而且親愛的，你為什麼非要忘記他呢？為什麼要忘記這一個讓你多年之後想起來，仍然會報以微笑的少年？為什麼要嘲笑那一個多年之後回憶起來，竟讓你又疼又惜卻再也無處可覓的自己？為什麼要急著摘掉，這一段如寂寞的無名小花一般的，隱祕的幸福？

在我們的小人生裡面，有很多被認為是很重大的事件，例如考試、排名、升學、畢業、求職……在急急奔向光明的大世界的路上，是的，有很多東西我們需要捨棄。但是捨棄，不等於漠視與扼殺，捨棄不是放棄，而是選擇，是一一經歷，細細思量之後的抉擇。所以啊，在奔向大光明、大結局之前，我們一定要珍惜那些提燈四顧的歲月，不要害怕迷茫的感覺，不要拒絕酸痛的味道，不要急著匆匆往前趕。

如果有一些人一定要出現，就與他相會吧；如果有一些事情一定要發生，就讓它粉墨登場。不正是這些人、這些事，組成了那個被我們稱之為「人生」的東西嗎？你不應該躲過它，而應該穿越它。然後你就會懂得，如果有一些人一定要離開，我們只好優雅地送他離開；如果有一些事一定會結束，我們也只好微笑著看它結束。趁我們還年輕，趁我們還勇敢，對生命說 Yes 吧。

所以啊，那一朵寂寞的小花，就讓它自然地開放在你每天經過的路旁，不要去摘除，也不必去澆灌。每一朵花，或者每一苞心事，開，有開的時候，謝，有謝的時候。你要做的只是深呼吸，然後微笑，放輕鬆。

祝福你，親愛的姑娘。

多多

二〇一二年四月二十二日於印度汐巴利小鎮

我是那個唯一的小孩

大人們也許早就已經忘了，
快樂不是一個地方，而是一個方向。

多多姊姊：

你好！我是四年級的學生，我有一個煩惱。我在班裡是班長，但我的學習成績為什麼老考不了第一？每年三好學生是拿成績來評的，我總得不上，每年都是優秀班幹部。我最喜歡給老師和同學幫忙了，老師也喜歡我，說我是她們的小幫手，媽媽老嫌我成績不是第一，怎麼辦呢？

H.J

親愛的 **H.J**：

為什麼父母總是希望我們拿第一呢？你問的，也許是很多孩子心中都存在的問題。

我相信，每一個父母最希望孩子得到的，其實是快樂。只是啊，在成人的世界裡，快樂需要好多好多條件，例如穩定的工作、豐厚的收入、個人的成就、完整的家庭、良好的社交、有尊嚴的社會地位……而這一切，他們認為跟童年、少年時期的知識積累、能力鍛鍊、人格教育都有著密切的關係──他們無疑是對的。

只不過，大人們要面對的問題實在是複雜而繁多，他們沒有足夠的時間與耐心，了解每一個孩子的成長狀態，於是他們就發明了一種貌似科學，其實完全是出於懶惰才採用的分析方法──排名。有了排名，家長們就大概能知道自己的孩子和他人相比有多出色，或者多落後了。這其實有點像天氣預報，大人們寧願根據電視裡天氣預報提供的數字，來決定出門該穿什麼衣服，卻甚少願意把門打開，親身體會一下和風的溫度。

孩子啊，大人們也許早就已經忘了，快樂不是一個地方，而是一個方向；快樂不是你們長大之後擁有一切之後才能領取的獎賞，而是你們能夠健康成長，學有所成的基本條件。

所以親愛的孩子，你應該邀請你的父母坐下來，以與你平齊的高度，和你談一談。

你可以這樣告訴他們：

親愛的父母，我了解你們最希望給予我的，是快樂，你們希望我拿第一，是因為你們覺得只要拿到了第一，我就會擁有一個很快樂的未來。但是那個「第一」，是永遠都拿不完的。班級有班級的第一，年級有年級的第一，學校有學校的第一，城市有城市的第一，國家有國家的第一……我的快樂，難道一定要建立在「別人比我差，我比別人強」的基礎上嗎？我不想要這樣的快樂。

世界上有那麼多的小孩，為什麼只有一個小孩才配得到你們認為的那種「快樂」和「光榮」呢？一定不是這樣的，我相信，這個世界比大人們所以為的更公正、更平等，它賦予了每一個小孩，同樣的愛與信賴，它允許他們以自己的方式成長，並達成他們各自的使命。

現在，我很想告訴你們，其實我已經擁有了一個很快樂的現在。

我有很愛我的父母，有相處愉快的朋友，也有關心、欣賞我的師長；我有特別喜歡的課程，也有很擅長的課餘愛好，我有我小小的理想，我也有我傻傻的善良，這些讓我快樂的理由，雖然無法在學校的排名中體現，但是它們的確存在呢，它們的確是我短短人生中非常重要的組成部分呢！我也許不是一個完美的小孩，不是一個總能拿到第一的小孩，但我是那個唯一的小孩啊，誰也不能代替我的存在。請不要僅僅根據一個數字，就定義了我，請蹲下來，了解我，請信任我，信任你們的孩子。

親愛的孩子，不要以為只是父母在教育孩子，有時候，我們也需要將我們與生俱來的單純與勇敢、正直與善良，一點點地教給已經忘記生命之本來面目的父母們。你願意做他們的小老師嗎？

祝福你！

多多

二〇一二年五月二十一日於北京飛往廣州的航班上

只要熱愛就夠了

生命中一定還有其他事物能夠煥發出你最大的熱愛。

多多姊姊：

我是學鋼琴的，今年報考了七級的考級。鋼琴老師說我的基礎不太好，所以，我每天從早上練到下午，晚上還練，一天下來要練五六個小時，幾乎都沒有出去玩的時間，好累啊！可每次課上老師還是不太滿意。我也感覺狀態不好，整天筋疲力盡的，但不練又擔心會更糟，擔心考級通不過。我真不知道該怎麼辦！

李水靈

親愛的水靈：

你的鋼琴都要考七級啦，真厲害！

我小的時候也彈過鋼琴，但是從來沒有考過級；還拉過小提琴，也從來沒有考過級。彈鋼琴是因為，母親的朋友是位鋼琴老師，一天他送給我們家一台舊鋼琴，說要是喜歡就留下來，要是不喜歡以後可以還給他。那時正在上小學三年級的我，並不知道自己喜不喜歡那個挺占地方的龐然大物。大概這位老師也看出來了，所以他一開始並沒有教我什麼指法、練習曲，只是先教我彈《獻給愛麗絲》的第一小節，他說，你要先喜歡上鋼琴，喜歡上音樂才能去學好它。

後來，我每天有了空，就彈鋼琴玩，但我彈的不光是《獻給愛麗絲》，我還會自己「作曲」——我會自己想像森林裡的動物聚會，為不同的動物出場配上音樂，用音樂講一個故事給自己聽。當然，不知情的人聽了我的「彈奏」只會覺得那是一種雜亂無章的奇怪噪音而已，至今沒有人知道兔子和狐狸是怎麼和解的，也不清楚天鵝其實跟孔雀偷偷相愛了。

再後來，就沒有後來了，我最終發現彈鋼琴趕不上我的想像力，還是覺得看書更精采、更好玩，所以放棄了彈琴。母親也並不強求，請來了工人，把鋼琴搬走，還給了她的那位朋友。

過了好多年，我上了高一。有一天，在一個無聊的週末午後，我在聽我最愛的偶像周華健的磁帶，裡面有一首歌《不願一個人》，突然覺得如果能把這首歌用小提琴拉出來，一定會很棒。於是我跑去跟父親說，給我買個小提琴吧。父親知道我是一時興起，就給我買了個最便宜的小提琴，讓我去玩。母親很認真地幫我聯繫了教琴的老師，老師說，學琴最好是兩個孩子一起來學。於是我找到了當時班上最好的朋友，說，小提琴好聽，我們去學吧。她竟然糊里糊塗答應了。接下來的高中三年，每週五和週六，我和好朋友都要去學琴，直到高考結束，要離家上大學。

三年來，我們只會拉練習曲，常常是把位不對，音調不準，節奏混亂，但是心裡美啊！我們常常手挽琴盒，驕傲地走在街上，走到僻靜的地方，就一起哼唱當時的流行歌曲，哼著哼著，就到了老師家的樓下。上課時，我們會笨拙卻認真地一遍一遍練習，專注的時候，課業的繁重、高考的壓力都全然被忘卻了，世界就在四根琴弦之間生動著。下了課，我們就拿著從母親處討來的零花錢，一起去喝紅豆糖水或者吃碗雲吞麵，然後各自滿足地回家。至於能學些什麼高難曲子，技法是否純熟，將來能考幾級，我們竟從來沒有想過，因為那個當下就已經足夠快樂了。回想起來，那段時光是我們緊張的中學時代裡最美好的記憶。

說了這麼多，其實我只是想告訴你，音樂是生命中很美好的東西，音樂是人類想像力的表現，是愛與美的載體，是心靈與心靈之間超越語言的交談，卻惟獨不是技巧與技巧的比拼，不是級別與級別之間的較量。

考級，其實考的是你對鋼琴、對音樂的熱愛。如果鋼琴不是你的最愛，你要相信，生命中一定還有其他事物能夠煥發出你最大的熱愛，那就放下鋼琴，去把它找出來。如果鋼琴就是你的最愛，而他們聽不懂你的愛，沒有給你一個級別作為證明，那是他們的問題，鋼琴沒有辜負你，它已經在你的十指飛揚的當下，給了你最好的回報，它也在你神情專注的那個當下，給予了你最深切的喜悅。

祝福你，水靈的孩子。

多多

二〇一二年六月二十三日於五台山

給自己的信

我總是歡喜，
看到自信而美好的女性在做著她們熱愛而擅長的事，
那會散發出一股不可言喻的魅力
——他人的輕慢、世俗的懷疑甚至年老將至，對其絲毫無損——
她愛得那麼專注以至於，只剩愛，消失了自己。

努力成為光

哪怕是一萬年之久的黑暗，
也會在光芒出現的那一個剎那頓然消失，
我們要做的只是，努力成為光。

多多姊姊：

您好！我是一名高一女孩，最近心情一直不好，原因是我沒進文科尖子班，只進了普通班。

這個班風氣不好，我曾傷心、絕望卻又沒辦法，現在慢慢地開始調整過來，想進入好的學習狀態。但是，每次當校長、教務主任經過，批評我們班最差時，當體育老師諷刺我們「班與班的差距真大」時，我就會煩惱一整天！書也會看不進去。

最近我們班與文尖班在人人網上吵起來了，原因是我們與文尖班籃球比賽時，他們班被我們班打得很慘，他們就在人人網上發表了一篇很侮辱我們班的文章，他們轉來轉去，我們班氣憤到了極點，列印出來報給校長，但校長來到我們班兩節課，批評我們，說難道還要讓他們給你們寫檢討嗎？好多同學都哭了，真的很氣憤又無助，因為這件事我一整天都沒有看書。

請姊姊指點。

蝴蝶舞

親愛的蝴蝶姑娘：

看到你的來信，我也感到十分氣憤，看到你們學校的教育工作者們竟然以成績的好壞來評斷道德的是非，可以想像，在他們心目中，教育與人格的教化、人才的培育無關，而僅僅是提高分數與升學率的手段。

我不敢想得更遠，在這種教育思想下成長起來的一代人，當他們成為中國社會的主流人群，這個社會的公平與公義會不會蕩然無存？那時候，財富和地位會不會取代法律與公德，成為社會審判的標準？

所以親愛的，我們都不能讓這種事情發生。我們不能在別人對我們說「你不配」的時候，就木然地接受，我們永遠不能放棄對平等機會的尋求。平等是從人類的正義理想中引申出來的最基本原則，正義的本質就是平等。而教育平等，是人類平等理想中的重要內容，是現代教育的重要基礎。本來存在重點校（班）與薄弱校（班）的現象，就是由於歷史和政策原因而形成的，已經使得重點校（班）與薄弱校（班）之間在資源配置、教育品質方面有巨大差異而導致教育的不公平。倘若由於這種不公平教育機制的存在，進而發展到對人格與尊嚴之平等性的漠視，並將這種不公平視作理所當然，我們就不得不為此發出反對與譴責的聲音。

與此同時，我們還要知道，二十世紀以來的科學和哲學的發展，肯定了人與人之間存在智力或能力的差異，但學者、智士們認為，這種差異並不表現為好壞、高低、貴賤之間的差異，而是多樣化的表現，並進而認為承認差異、適應差異和多樣性的平等才是真正的平等。所以，平等機會並不確保，亦不要求有結果均等。我們深知因為能力不一，大家即使付出同樣的努力，結果也會有所不同。只有在公平的機制下，每個人才能勇敢地為他自己負責，承擔因能力差異而帶來的不同結果。但若機制本身缺乏公平，則每個人都有理由推卸其自身的責任，決絕自我的反省，教化則亦無從入手了。

親愛的，可是在氣憤之餘，我們也要知道氣憤是無用的，我們首先要深刻認知自身所擁有的智慧與潛能，才能體認那份人類尊嚴，才能為維護那份尊嚴而努力。

所以，不要哭，更不要因為不公而放棄本屬於你的學習機會。相反，我們要更加熱情地學習，更加勇敢地展現自己的特質與才華，更加堅信我們應該成為打破不公的正面能量。

親愛的，請相信，黑暗不是一種「存在」，而是一種「不存在」——黑暗，乃是光的不存在。所以，不要因為黑暗而沮喪或恐懼，哪怕是一萬年之久的黑暗，也會在光芒出現的那一個剎那頓然消失，我們要做的只是，努力成為光。

我們一起加油吧！

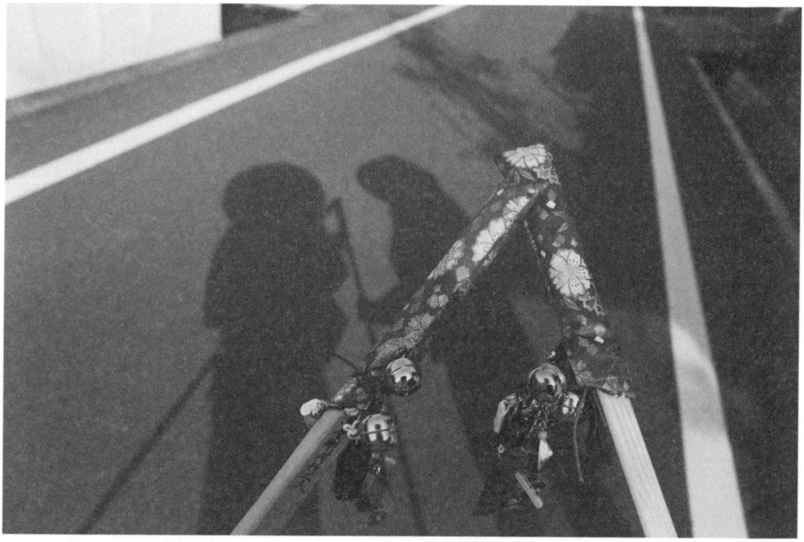

多多

二〇二二年七月十九日於北京

厭世的班長

當心正直了，見地就不會偏頗；當自我正直了，世人就不再可厭；
當每個人都正直起來，我們這個社會的價值觀就一定會得到改善。

多多姊姊：

我現在上初二，學習成績很好，初一時同學投票，我當上了班長，但就是這個班長，給我帶來了無窮無盡的煩惱。

說實話，我是一個非常懦弱的人，從小學起，就被同學欺負，甚至還會被女生欺負，他們給我起了個很難聽的外號「×（我的姓）阿姨」（我是個男生）！我真是恨透了他們。

我在班裡也是一點威信都沒有，管紀律也沒用，老師說我害怕得罪人，同學們又整天拿我開玩笑，我想我是班長，所以總是壓抑著心中的怒火，有時候真想上去給他們一拳，但最終還是忍住了。我不知道自己這是度量大呢還是真的很懦弱，現在的我被他們弄得一點尊嚴都沒有，班長也快當不下去了，如果再繼續這樣的話，我就快得抑鬱症了。

希望多多姊姊能幫幫我，謝謝您！

求助人：厭世

親愛的「厭世」先生：

在回答你的問題之前，我想先問你一個問題，你覺得班長意味著什麼？我也專門去查閱了一些針對中小學生做的調研報告，報告顯示，在大部分中國孩子們的心目中，「班幹部」就像是班級中的官員，當上班幹部就意味著以下這幾個關鍵字：威風，神氣，特權，能和老師套近乎。親愛的「厭世」先生，你也是這麼認為的嗎？

我對調研的結果並不感到十分意外，因為這種想法在我還是小孩子的時候，就非常盛行。但令我難過的是，二十多年之後，在兒童教育理應有所發展的今天，家長、老師們普遍都還沒有意識到這種成人世界功利的價值觀，這種官僚式的管理機制，會給青少年心靈以及價值觀的形成帶來多大的傷害。

「班幹部」其實也並非中國特有。我在資料中看到，韓國、日本、馬來西亞等亞洲國家的中小學都有類似「班幹部」的角色。但是在這些國家中，「班幹部」並不是班級中的「管理者」，而是同學們的「服務員」。以日本為例，班級中的班幹部構成一般包括班長、擺放桌椅管理員、分飯管理員、掃除管理員、黑板報管理員、電源開關管理員、鞋櫃鞋箱清掃員、失物管理員、保健員。在這種情況下，當上班幹部，就意味著，需要運用自己的特長與天賦，更多地為同學們服務，同時培養自己自律、謙遜、嚴謹、肯於付出的美好品質。

還有一種教育體系，則是歐美國家的教育體系。在收到你來信的此刻，我正好身處國外，和一群來自歐美國家的朋友們在一起。我一一詢問了他們，「班幹部」在他們的教育體系裡，是什麼樣的角色？其中一位德國朋友告訴我，在他小時候，他就是一位班長。而班長的角色，就是做學生的「代言人」——他要負責收集同學們對老師的教學品質，對班級的圖書與設施，對班級的管理方式等各方面的意見，統一回饋給老師或者校長，好讓校方能有所改善。

我問他，為什麼同學們不能直接反映問題？他說，那是因為有些同學會害羞，會擔心校方對他們個人有意見，或者問題太多需要梳理和整合，作為班長，則可以對校方直言不諱，校方也不會針對班長個人有任何不滿。所以班長，就是一個很好的「代言人」。在這種情況下，當上班長，就意味著，需要培養自己的公平、正直、友善、細緻、承擔的美好品質。

而當我問到一位美國朋友，在美國「班幹部」負責什麼的時候，他卻一臉茫然。他告訴我，他們根本沒有班幹部，小學的時候，還有一個「班」的概念，到了中學和大學，甚至連「班」都沒有了，同學們可以選修不同的科目，所以並不是固定在一個班級內學習。但是在美國，雖然沒有班幹部，卻有學生會的「幹部」。在美國，學生會是一個完全獨立於校方行政的學生組織，主要功能是維護學生權益，作為學生與校方以及上級部門之間的溝通管道。而每次學生會的改選，就像是一次小型的美國總統競選。

候選人首先需要組織自己的競選團隊，需要提出自己的「政綱」，需要有自己的競選口號，需要組織各種競選宣傳活動，還有在財務上提供完整的「競選花費明細單」。在美國學生會的存在，除了有效維護了學生權益，協助校方管理之外，很重要的一個作用就是，幫助孩子們從小培養民主意識，培養對規則、法律的尊重，培養對人權、物權的重視。

親愛的「厭世」先生，對不起，說了那麼多，其實我也十分清楚，不可能讓你一個人去對抗整個中國社會的教育制度，以及價值體系。我十分清楚，讓你一個人去承受同學們對「班幹部」的錯誤理解，以及由這種錯誤理解而帶來的偏見，是不公平的。

只是當你提到了「威信」、「尊嚴」，並因為你的威信和尊嚴沒有得到重視，而產生了「恨」、「怒火」、「抑鬱」，我感到非常同情，我希望以上所介紹的種種，能夠幫助你了解偏見的根源，我也希望你能了解，這種誤解與偏見同樣根植在你自己的內心之中——如果你深刻地認為班長的工作僅僅就是以「權威」去「管理」和「得罪」同學們的時候，你又怎麼能夠怪罪同學們從一開始就對「班長」這個頭銜有所抵觸呢？

所以，親愛的孩子，不要因他人和自己內心的偏見而厭世，當心正直了，見地就不會偏頗；當自我正直了，世人就不再可厭；當每個人都正直起來，我們這個社會的價值觀就一定會得到改善。我們一起加油吧！

多多

二〇一二年十二月四日於印度菩提伽耶

女生之間

我們明明可以更自由，又何必身陷於虛設的囹圄。

多多姊姊：

不知為什麼，我的一個朋友，她的一舉一動，都會令我憤怒。有的時候我會嫉妒她有一個那麼好的家庭，父母是那麼愛她，疼她；有的時候我還會嫉妒她考試的分數高過我，我很沒面子；有的時候我的男友告訴她一些我不知道的事卻不告訴我，我就覺得當初我不要和她認識該有多好……

可我知道這一切都是我自找的，都是我自己胡思亂想的。很多時候我怕這個朋友搶走屬於我的一切，我很努力去爭取不要被她搶走，可有些東西好像動搖了，我不知該怎麼辦！

多多姊姊，告訴我該怎麼去做，我討厭她了，不想和她在一起，我這樣去想她到底對不對？是我自己胡思亂想，還是她就是一個不適合和我在一起的朋友呢？其實很多時候我們很開心，可是她偶爾會小氣到哭，小氣到不理人，我不知該如何是好？

親愛的姑娘：

在各種情緒之中，嫉妒真的是很不一樣的情緒呢。

先說愛與恨。愛一件事物，產生貪著，若是得到那樣東西或者那個人，能給自己帶來直接的快樂。恨一件事物，產生厭惡，若是能夠遠離或者捨棄，也能讓自己免於傷害或苦惱，因而快樂。

而嫉妒呢？沒有什麼東西是你真正得到或者失去的。被嫉妒的物件，無論他得到或者失去了什麼，其實都與你無關，卻讓你產生了各種相應的情緒——親愛的，你把自己的苦樂，假予他人之手了。

其實嫉妒的根源，在於比較。哲學家紀伯倫曾經如此說道：「只有在我以下的人，能妒忌我或憎恨我。我從來沒有被妒忌或憎恨過，我不在任何人之上。只有在我以上的人，能稱讚我或輕蔑我。我從來沒有被稱讚或被輕蔑過，我不在任何人之下。」我們就是這樣，妒忌在我們之上的人，又輕蔑在我們之下的人，我們無時無刻不在稱量與比較，而且往往只跟親近而熟悉的人比，因為有著相近的經歷，所以覺得彼此之間具有可比性。

然而，我們明明有著我們自己獨特的人生啊，正如紀伯倫所說，我們既不在他人之上，也不在他人之下，我們跟誰都沒有可比性。我們明明可以更自由，又何必身陷於虛設的囹圄。

如何去發現自己的獨特性呢？不要藉助外在的參考點。你有沒有留意到，如今很多刻意追求獨特的年輕人，他們會說：「啊，我要得到那件衣服，我要做個那樣的髮型，我要像他們一樣另類。」如果「像他們一樣」又如何能算是「另類」呢？所以說，外在的參考點，是如此具有欺騙性。

發現自己，應依靠自身的覺察與省思，依靠內在的反觀自照。當你提筆給我寫下這封信，這陳述本身，其實就是一種自我觀察，親愛的，你是一個很有覺察力和反照力的孩子，這就是你的優點，而這種能力是他人無法搶走的，不是嗎？當你漸漸發現自身所具備的各種潛能，你就會越來越有自信與安全感，因為內在的潛能與品質，都不是用「搶」就能得到，或者因他人來「搶」而會失去的。

而說到對治嫉妒心，我覺得最有效的方法是，學會欣賞。我曾經在我的書裡寫到過：「嫉妒是最坦白的認同。人們嫉恨你，很多時候是因為，你成為他們最想要成為的那種人。雖然在情緒上，他們與你為敵，但在意識上，他們卻與你有著相同的價值取向。」請仔細想想，當你嫉妒他人的時候，是不是其實也是想變得和她一樣呢？細細去發現這種認同感，把它轉化成欣賞，轉化成為他人已經得到自己所嚮往之境，而真誠歡喜的氣度與胸懷。如此，你將成為最迷人的女子，擁有世間最寶貴的德行。

親愛的姑娘，我願你能發現自己，接納自己，提升自己，成為這世間難得的安詳。
這是我們女性，對世間的一份供養。

多多
二〇一三年三月二十六日於泰國素可泰

沒有人可以挾持你

請一定要相信，
你身上擁有種種未被染汙的好，
你心裡擁有更多未被挾持的自由。

多多姊姊：

我的父母有個朋友，他的兒子和我在一個學校，但是他的學習成績比我好，我的父母就把我和他比，我在努力地追趕他，但是結果卻不盡人意。於是我的父母就對我說：「不想上，就去幹活。」而且，他們還不相信我，每次我在學習時，他們都說我在玩，還動不動就罵我。我的自尊心很強，每次他們罵我，我只能偷偷地哭，因為我如果當著他們的面哭，他們就會說：「還有臉哭？」然後，他們還限制我說話，不讓我在別人面前丟他們的臉。我該怎麼辦？

親愛的小孩：

看到你的來信，我覺得難過極了，為你的父母感到難過。

從你所描述的情境以及他們的態度、語言方式看來，你的父母，他們首先是不快樂的。

可以想像，他們跟這個社會上大部分的人一樣，跟正在為你寫回信的我一樣，自幼年時期起，我們就一直被賦予各種要求、各種期待。我們甚至在還沒有出生之前，就首先被期待是一個男孩，我們最好要學而優，然後仕途亨通，光宗耀祖，最後青史留名。當初「我願我兒愚且魯，無災無病到公卿」的單純願望，也最終變成了「少壯不努力，老大徒傷悲」的警告。

而當我們在現實層面已經屈服於家族與社會的期待，在精神層面他們還會期待，我們內在的憂樂與天下的憂樂相比，可以忽略不計，個人必須屈從於集體，卻無人深思集體乃是個人的集合，不重視個人價值的集體，只是一個虛妄的空殼。我們這一代人，成長於一個群體意識掩蓋個體意志的社會，我們分不清哪一個是自我藍圖，哪一個是家國夢想，我們互不關心他人的真實需要，也不允許自己停下來思考自己的真實願景。

在各種不加解釋、不予理解的要求與期待之下，我們這批孤獨的小孩變成了專橫的大人，變成了缺乏自我認知能力、缺少個體尊重情懷的可憐大人。

在成人的世界存在這樣兩種比較典型的人：

其一，他總是過分被外界所影響，追逐並依附主流價值觀，過分需求外界的認同，從眾，不自信，缺少獨立性。

或者，他總是要求外界順從他的意願，總試圖改變他人，要讓身邊的每一個人認可他的主張與觀念，自大而具有侵犯性。

這些品性，都與缺乏自我認知不無關係。在他們的世界裡，缺少「求同存異」、「和而不同」的概念，他們恐懼與他人的「不相同」，更加懼怕「不如人」，必須改變自己以趨同他人，或者改變他人以認同自己。

親愛的小孩，你能理解成年人的苦嗎？那種只有在比較和競爭中才能確立自己存在的苦，那種深深恐懼不被認同與接納的苦。正因為被這樣的苦所挾持，他們才會把你置於他們的評價體系，把你變成一個參數，而不是一個獨立的人。

親愛的小孩，你當然不是他們說的那樣一無是處！但也請你一定相信，他們絕對沒有真的認為你一無是處。即使他們說出那樣不顧你自尊心的話，也一定是出於愛，他們希望你能在他們所處的那個價值體系中，獲得成功與認同，這樣就可以遠離於他們所遭受的苦。所以無論他們做了什麼，說了什麼，無論他們使用的方式是否正確，父母最初的用心，一定是希望你快樂，遠離痛苦。

親愛的小孩，請一定要相信，你身上擁有種種未被染汙的好，你心裡擁有更多未被挾持的自由。請為你自己悄悄準備兩個筆記本，好嗎？一個用來每天寫下一條你所發現的自己的優點。不是為了證明給任何人看，不需要任何人認同你所寫的話，只是為了自我發現，自我認識，自我珍愛。然後，請在另一個筆記本上，每天記下一條你在生活中發現的美好，或者在他人身上發現的優點，不是為了討好任何人，不需要向任何人求證，只是為了學會欣賞和尊重，學會超越攀比與競爭的思惟模式。答應我，嘗試一下，從明天開始。

親愛的小孩，你要勇敢地走出成年人早已迷失其中的怪圈，勇敢地尋求真正的快樂與自由，終有一天，你會回過頭來拯救我們的，加油！

扎西拉姆・多多

二〇一三年五月六日於印度汐巴利小鎮

給自己的信

所有擔心沒有未來的戀情，
都是因為根本沒有今天。
愛是投入，不是投資；
愛是動詞，不是賭資。
當你確定你在愛著，
你已經得到了世間最大的紅利。

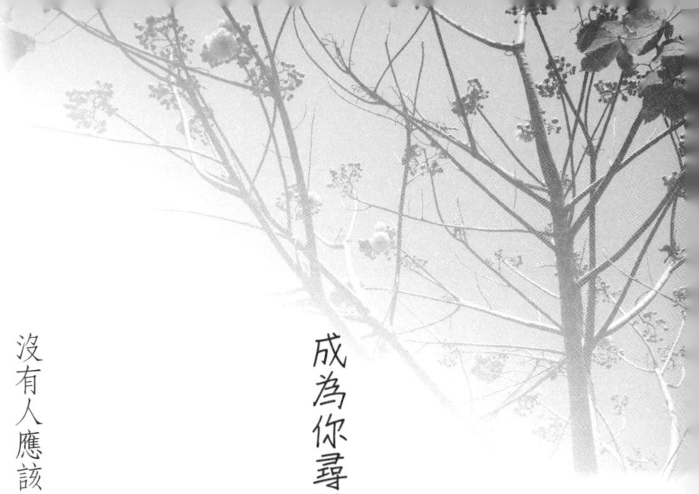

成為你尋找的那種人

沒有人應該孤獨地活在世上，
真正的善友，是無與倫比的珍寶。

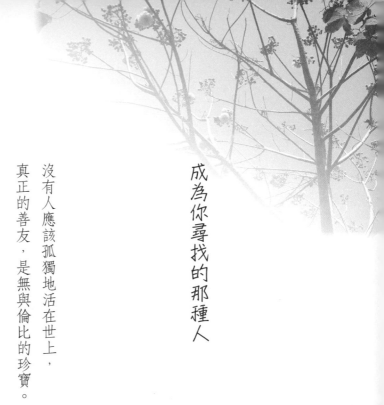

多多姊姊：

我是一個比較孤僻的人，同學們說我冷冷淡淡的，也不熱情，只對個別朋友比較好。我也不否認，不過，我的朋友真的很少，而且沒了那幾個朋友，我連一個可以說話的人都沒有了。

我的脾氣也不好，每次剛認識新朋友的時候，我對他們都挺熱情的，不過只要過了幾天，摸清他們的脾氣後，便會覺得她們不可靠，對我也不真心，感情就開始變淡了，或許我要的是一個對我不會反抗的「娃娃」朋友吧。但是，當我想要出去玩的時候，竟然會連一個可以和我一起出門的伴兒都找不到，我該怎麼辦？

多多姊姊，我該怎麼辦才好？朋友，我想要，可是我卻又總是會看到她們的缺點，覺得自己沒法和她們溝通，我不喜歡朋友，卻又渴望朋友，唉！多麼矛盾的想法。

親愛的孩子：

你知道嗎？我其實是一個很愛「交朋友」的人，但我的朋友也不算多。因為我愛的是那個從陌生到熟悉、從交往到交心的過程，而不是愛到處結識許多朋友。

在我看來，朋友是非常重要的人生組成部分。和家人、同學、同事不一樣，朋友是彼此自主選擇的結果，而不是在某種血緣關係或固定組織架構下，必須永遠或暫時保有的固定關係。

對朋友的選擇，反映了我的個人價值觀，我的審美情趣，我的嗜好特長。同時，朋友圈也會反過來影響和塑造我的價值觀、審美情趣和嗜好特長。所以，在選擇朋友的時候，我知道我也是在認識自己。不僅僅是與我氣味相投的朋友顯示了我的特質。我還必須承認，那些讓我反感、抗拒、恐懼的朋友，他們其實更深層次、更真實地反映了我的現狀——那些我們一直抗拒的東西，很可能正是我們身上隱祕存在著的沉屙。

例如，我一向反感傲慢的人，反感那種不可一世、好為人師的姿態，不願意與這樣的人交往。可在一次與一個傲慢的人一番爭論與切磋之後，我深刻地發現，我之所以會被傲慢者激怒，是因為他們傷害了我的驕傲。只有在謙卑的人面前，我的驕傲才能得到很好的保護和縱容，而我所反感的人，恰恰是我自己的一面鏡子。

又例如，我一向抗拒尖酸刻薄的人，對他們身上的小人之氣極為不恥。可當我冷靜地觀照我們彼此的關係時，我發現的其實是我自己內心的恐懼化作了表面的不恥。因為刻薄之人，總是能準確地將我身上的問題，用雞蛋裡面挑骨頭的精神無限誇大，令我不得不直面，不得不重視。而我抗拒的，其實是那個被發現充滿問題的我自己。

當我認識到與人交往，不僅僅是為了做伴、消遣之後，我便開始學會了珍惜各種人際關係所帶給我的啟發與洞見，即便最後兩人無法真正成為朋友，我仍然感恩曾經有過的相處，曾經打過的交道。因為有了這一份感恩，性情上也就漸漸變得柔和而友善，由此，心也變得開放而自在，更能夠讓他人進入自己的內心，也更願意帶著善意步入他人的內心，真正親密無間的朋友，才開始紛紛在生命中出現。

沒有人應該孤獨地活在世上，真正的善友，是無與倫比的珍寶。他們是你前進路上的助伴，是你黑暗歲月裡的星光，是你狂妄時的清涼，是你冷酷時的太陽。最最重要的是，真正的善友，可以全然接納那個本來的你，你在他們面前可以不矯飾、不扭曲、不遮掩、不躲藏，放心做自己。

親愛的孩子，你覺得這樣的朋友是不是很好，這樣的人是不是人人都樂意與他為伴呢？那麼，你願意成為這樣的人嗎？你願意學習接納每一個不完美的他人，並用你的接納去成就一段完美的情誼嗎？只要你願意，我相信你也可以是最好的善友！

祝福你，我的孩子！

多多

二〇一三年五月二十三日於印度喜瑪雀汐巴利小鎮

好好去玩

你所欲求的，未必都能得到，
只有你心中的熱愛，誰都無法奪走。

多多姊姊：

你好！

我是一名初三的學生，我媽媽天天讓我學習，我們總是吵架，每天至少要吵一次。我好累，真的不想和她吵。不管我做得怎麼樣，她總能挑出毛病。她給我規定了每天的任務，我開始時完成了，可是她還是能挑出毛病，要麼就是在我玩的時候檢查和考我。有一次，我們有事，所以她就要壓縮我玩的時間。憑什麼？我就不，我覺得完成了就好了。後來，我就不完成了，反正完不完成都一樣被訓，結果吵得更凶。我真的不想吵下去了，可以幫幫我嗎？

親愛的小玩童：

我覺得你和媽媽完全不必要爭吵啊，她希望你天天學習，你希望天天都能有玩的時間，這兩者，其實並不矛盾，因為會玩，玩得專注，玩得藝術，玩得具有創造性，這本身就是最好的學習。

當父母們談到「學習」，他們往往想到的是看書，背書，做習題，學習的唯一目的就是分數分數和分數。然而死記硬背其實是一種非常低效的學習模式，與其通過一次次乏味的簡單重複，把頭腦變成文件櫃，不如在頭腦中創建你的知識脈絡，用興趣愛好，將相關知識轉換成體驗與實證。

所以關鍵就在於，你要玩什麼？怎麼玩？

當你打籃球或者溜冰時，你是否會想起基本的力學原理，並試著運用這些原理，讓自己玩得更得心應手？當你看美劇或者好萊塢電影時，你是否會留意特別有用的美式俚語，或者藉此練習你的聽力？當你在網路論壇上和別人吐槽社會現象時，會不會順便搜索一下歷史上各國有過怎樣的社會變革？當你聽到一首周杰倫的中國風歌曲時，會不會想要深入了解一下歌詞用了哪些古典詩句？如果你想「玩」得足夠專業，你自己就要主動地尋找相關知識作為你的支持；如果你「玩」得足夠投入，你也自然會在玩的過程中大有裨益。

你還可以邀請你的媽媽加入你的學習「遊戲」，這個時候，你就可以反過來考考她了。你可以調皮地對她說：「媽媽，你知道嗎？其實周杰倫的《東風破》嚴格來說，並不是古詞牌名稱。破，是寫詞的一種手法，即刻意打破原先詞牌的節律，最典型的如我們學過的《攤破浣溪沙》、《木蘭花慢》。也有人認為東風破的「破」應該就是曲破，是指一種詞調，宋朝江浙一帶盛行這類琵琶曲，多填唱而演變為詞牌。所以，東風破不是嚴格意義上的詞牌，應該是詞調。詞調是指詞的曲譜，詞調名又稱為遍、序、歌頭、曲破等，都表示它是出於大曲……」你想想，當你和媽媽聊起這個，她會不會很驚喜？

以上說的，都是「玩」與「學」的結合，若拋開所有功利的「有所求」的思想，僅僅是培養生活中的一些「閑趣」，其實又有何不可呢？對生命的熱愛與欣賞，使我們可以擁有的最大的財富，而這恰恰來自於對閑情逸趣的培養。

明末清初散文家張岱，博學多才，著有《夜航船》、《陶庵夢憶》、《西湖夢尋》等作品，他曾說過：「人無癖不可與交，以其無深情也。」清初張潮，著有《說快續筆》，他更認為：「花不可以無蝶，山不可以無泉，石不可以無苔，水不可以無藻，喬木不可以無藤蘿，人不可以無癖。」生命中一定要有所熱愛，有所癖好，切莫輕易將自己變成一部社會機器，心如木石。在我的身邊，有很多成年人，就是因為不會「玩」，在每天辛苦上班的時候，感到厭倦和煩躁。可當他們有機會放假休息的時候，卻又感到深深的空虛和茫然，始終不得安然與喜悅，童年時的遊戲之樂，已經成為永遠的回憶和嘆息。

所以呢，親愛的小玩童，在書本知識之外，我們其實更需要學會欣賞美好，學會自得其樂，學會特立獨行，學會沒有任何功利性地全情投入。因為啊，當你長大你就會發現，你所欲求的，未必都能得到，只有你心中的熱愛，誰都無法奪走。

讓我們活出一個盡興的人生吧！

多多

二〇一三年五月三十一日於印度汐巴利小鎮

——— 給自己的信 ———

不計得失的付出，留給神去做，我是要計的。
而且我計得很現實，計的只是這個當下：
在我做決定的這個當下，
甘不甘心，快不快樂，相不相信自己是對的。

沒有人會苛責你

在不能兩全其美的時候，坦然地抉擇，
哪怕僅僅能令一個人歡喜，也已經足夠值得。

多多姊姊：

您好！我爸爸媽媽離婚後，我一直和媽媽住，這次暑假，我碰到了一個難題，就是到底和誰去旅行？

如果和爸爸旅行，就是免費的，還有妹妹陪我玩，那麼媽媽怎麼辦呢？她只能一個人在家。如果和媽媽一起旅行，便會有我的朋友和我一起玩。雖然我和媽媽已經說好了一起旅行，那爸爸那邊怎麼辦呢？

糾結的 child

親愛的小孩：

是啊，我們的人生，總是充滿了抉擇，充滿了左右為難與好壞參半。親愛的小孩，也許一次小小的旅行，只是這不完美的人生的開始。

要知道，無論我們多麼仔細地衡量，無論我們多麼用心地計畫，無論我們多麼努力地要把愛不偏不倚地給予每一個人，總有一些狀況，會讓我們無能為力。直到有一天，我們終於學會了這一點，我們無法令所有人都滿意。由此，我們應該進一步懂得，也沒有人應該應分地永遠令我們滿意，因為每一個人都有他的情不得已。

請千萬不要把這一份領悟，當成無奈人生裡的壞消息啊，我的孩子，這其實是最能讓你獲得自由的一味良劑。

很多時候，我們之所以會被困，往往是被「期待」所困——被自己對他人的期待、被他人對自己的期待所困。當無法實現期待，我們會覺得失望、痛苦。然而即使實現了期待，也不見得我們就能全然滿足，因為「期待」在被實現的那一刻，就會馬上被提高，變成下一個更難以實現的期待。這就是「期待」這件事在我們心裡運作的方式。

但我並不是說「那我們乾脆什麼都不要期待好了」，因為，說了也做不到，有所期待是我們的天性，也為我們訂立了努力的方向與目標。我們仍然可以期待那「最好」，只是也要準備接受「最壞」的結果，這是我們唯一可以做的。

我們致力於實現完美，卻也同時接納不完美的存在；我們對世界滿懷心願，卻努力不抱期待；我們追求，但不苛求。這樣的人生，才是一個勇敢而自由的人生，才不至於偏執而沮喪，不是嗎？

要想成就那樣的人生，我們就要從現在開始，珍惜生活中每一次遇到的困境與挫敗。我們真心以對，全力以赴，然後在不能兩全其美的時候，坦然地抉擇，哪怕僅僅能令一個人歡喜，也已經足夠值得。那麼，就從這一次旅行開始吧，無論你選擇了和爸爸還是和媽媽去旅行，都要好好珍惜和他們相處的時光，都要全身心地投入與享受旅行的當下，讓這一趟旅行成為彼此美好的回憶。而且，在回家後，與沒有一起參加旅行的另一方，好好地分享你的旅行見聞和你的喜悅，並承諾下一個假期，你也會和他做一次這樣的旅行。

親愛的小孩，只要你不苛責自己，沒有人會苛責你，只要你不讓自己糾結，也不會有人能夠使你糾結。勇敢地決定吧，勇敢地迎接每一次抉擇。

多多

二〇一三年八月二十一日於北京

那一份小小的善良

我們永遠不要忘失那一份小小的善良，
那一份難得的意願——願意越過外表的差異而欣賞一個人內在的美好。

多多姊姊：

您好！我是一名在校中學生，平時住在學校。我們寢室有一個女生，她非常老實，人也很好，總是樂意幫同學的忙，可是她很不注意個人衛生，經常在上課的時候摳鼻子用衣服擦鼻涕什麼的，所以坐在她周圍的同學都挺討厭她的，經常背地裡講她的壞話，平時也不和她說話。

作為她的室友，我知道她是很善良的。她現在也有點知道大家討厭她了，其實我有時也討厭她親近我，嫌她不衛生。可是我看著她一個人難過的樣子又很想幫幫她。多多姊姊請您快幫我出出主意吧！謝謝。

小蓉

親愛的小蓉：

看到你的來信，讓我想起了我自己小時候。

大概是四五年級吧，我們班也有一個小男孩，不太講究個人衛生，總是隨手扯下作業本裡的一頁紙，就用來擦鼻涕，然後又隨手塞進抽屜裡，直到堆滿抽屜。大家都嫌棄他，嘲笑他，不願意接近他。那時候的我，覺得一個人沒有朋友是一件很可憐的事，總是會主動跟他聊聊天，說說話。可是我當時也不懂怎麼去告訴他，他應該改變一下自己的衛生習慣，我只是出於同情心，自認為有責任讓他不至於看上去太孤單罷了。

謝謝你的來信，讓我有機會在我的腦海裡，向那個孤單的小男孩補上我該做而沒能做的一番努力。

長大後的我，漸漸懂得不去指正朋友的不足，並不是出於尊重對方，而只是出於我自己的懦弱——太過害怕自己的善意被誤會、被否定。而這懦弱的背後，其實是我的不信任——不信任自己有智慧找到最恰當的溝通方式，也不信任朋友有足夠的寬容接納我的建議。那時候的我，只有一顆小小的同情心，卻沒有足夠的同理心；只有一絲小小的善意，卻沒有更堅定的善良。

如果我能穿越回到那個童年時刻，我想，我會先買一條手帕送給我的朋友，告訴他：

「雖然你看上去朋友不多，可是我知道你是一個很不錯的人，你的善良和直率都是我所喜歡的。看到這一條手帕，我想也許蠻適合你的，送給你，希望你能喜歡。如果以後能經常看到你在用它，我會感到很開心的。」

然後，我會告訴他：「作為你的朋友，偶爾聽到其他同學在背後議論你，我會感到很難過。但是我也理解，他們並沒有很大的惡意，只是因為彼此的生活習慣不一樣，所以才會產生細微的分歧，分歧不去理會，也許會發展成更大的誤會。如果你願意改變一下你的衛生習慣，不是要一下子啦，你可以慢慢開始改變，我相信其他人會更願意和你交往，那時候他們就會了解到真正的你，那個我眼裡善良而美好的你。成長，不就是去學習讓自己和世界融洽地相處，和平喜悅地相處嗎？我們一起努力，好嗎？」

親愛的小蓉，這是我很想為我的朋友做的事、說的話，但是我已經回不去了，希望你還能為你的朋友做到。

但其實更重要的是，我們永遠不要忘失那一份小小的善良，那一份難得的意願——願意越過外表的差異而欣賞一個人內在的美好。因為在將來，成年人的世界將會更加充滿傲慢與偏見，只有當初那份基本良善，能夠令我們不因為刻薄而孤單，不因為孤單而悲傷。

祝福你，小蓉，還有你那位善良的朋友。

多多

二〇二三年八月二十四日於北京

鳥兒小姐的翅膀

當愛開始給予的時候，愛就能重新活過來。

多多姊姊：

你好！

大人都說現在的孩子是最幸福的，可我不這麼認為。是，我承認我們現在不愁吃不愁穿，可我並沒有感覺到快樂。我是一個單親家庭的孩子，從小在外婆家長大。我對我媽媽爸爸根本沒有感情，他們只知道賺錢，我知道賺錢是為了我，可我只是希望他們能陪陪我，讓我不要感到寂寞，我真的很害怕這種感覺。他們根本沒有站在我的角度想過，我是怎麼度過的。每天放學回家，看到的不是我希望的溫馨的家，而是冷冰冰的沙發，冷冰冰的桌子，冷冰冰的一切，會是什麼樣的感受。我真的很想像我的同學一樣在愛中成長，快樂地成長。就是因為我有一個冷冰冰的家，所以也有一個冷冰冰的我，一個不愛說話的我，幾乎沒有朋友的我。

有時候我會想快點長大，既然家不能給我快樂，長大了以後獨自一個人去尋找只屬於自己的快樂，可這只是我的想像，不是現實，根本就不可能實現。

一隻受了重傷的鳥，能飛得高，飛得遠嗎？就算傷好了，也會留下很深很深的傷疤，那是永遠都忘不掉的痛。

親愛的孩子：

你的來信沒有署名，看到你把自己比喻成受傷的小鳥，那我就叫你鳥兒小姐吧。

鳥兒小姐，我知道，每一個孩子都天生渴望接近父母，渴望在與父母建立的親密關係中找到愛與安全感。父母是第一個教導我們何為真愛的導師。父母之愛，是萬般諸愛的淵源。

我也知道，倘若一個孩子在早年就經歷了與父母分離，這種天生的渴望就會被人為地中斷，這個孩子也許無法再充分信任他的父母，無法跟隨內心自發的本能再去接近父母。但其實，這種與生俱來的渴望，對愛的渴望仍然持續存在，只是渴望會轉變成傷痛、憤怒或者沮喪。

心理學家認為，一個人在孩童的時候有這種體驗的話，通常會在成年之後，很難去愛其他人。他會在這種對渴望的需求和渴望無法滿足的負面情緒之間掙扎。他的潛意識當中會經常性地拒絕一些其實他心底非常渴望或者期望的東西。他被這些傷心、痛苦、憤怒和沮喪所充滿，這些負面情緒並不能令他改變任何東西，因為這些負面情緒其實是一種次要的感覺，真正原始的感覺是，渴望去跟其他人接近。

親愛的鳥兒小姐，很抱歉，跟小小的你，竟然要談到那麼不美好的未來。但之所以決定不去避諱現實的殘忍，是因為我也同時相信，這一切完全來得及改變，我相信，我們的天性裡不光有對愛的渴望，還有著愛的行動力。

雖然你在信中說到，你對你的爸爸媽媽「根本沒有感情」，但你是否留意到，緊接著你又說了，你希望他們能夠好好陪陪你。我們是不會希望那些對自己根本沒有感情的人來陪伴自己的，不是嗎？所以首先，你要承認自己對父母還有著強烈的感情，不要因為有可能得不到，就否認自己的真實感受。要知道，當你否認愛，就不會得到愛的回應。

在愛中，我們可以開始發展同理心，可以開始試著諒解父母正在面臨的狀況。也許我們就會發現，真實的狀況是，孩子並不是父母離婚的唯一的受害者，父親和母親，他們才是這場婚姻變故中首先受傷的人。努力工作，努力賺錢，也許並不是他們不能陪你的藉口，而只是他們可以轉移注意力，不去面對現實中婚姻失敗的唯一理由。大人們時常會讓自己很忙，因為他們以為那樣就可以忘了寂寞。

當我們擁有了愛與理解，我們就可以重新修復家庭中被割裂的聯結。要知道，父母離婚，永遠無法中斷你和他們之間血緣的連接，那是靈魂的契約，是生命的傳承。要相信，你永遠可以，永遠有資格對你的父母說：「我理解並尊重你們關於婚姻的決定，無論怎樣我依然愛你，而我，也依然需要你的愛。請握住我的手，然後抱抱我，就這樣，抱著我。」

這樣的話，要親口說出來，要讓父母知道，他們是被需要的，他們的愛是意義重大的。當愛開始給予的時候，愛就能重新活過來。你願意勇敢地嘗試一下嗎？

親愛的鳥兒小姐，我始終相信，沒有不可以療癒的傷，沒有不可以放下的痛，我始終相信生命本身的力量，而那些生命中的傷痛與挑戰，正是為了歷練我們的愛與生命力而存在。

愛與痛，就像是鳥兒的雙翼——沒有愛，我們將無法給予自己和他人快樂；沒有痛，我們將不懂令自己和他人遠離痛苦。愛成就仁慈，痛成就悲憫，你看，生命為我們準備了多麼豐盛的禮物啊，讓我們滿心歡喜地領受這莫大的贈予吧。

祝福你，親愛的鳥兒小姐，你一定會重新快樂地飛翔。

多多

二〇一三年八月二十八日於北京

給自己的信

最好的伴侶，不是那個已經足夠完美的人。
而是那個，因為他，你願意去超越自己之不完美的人——
或者因為他的接納而開始自我接納，
或者因為他的深愛而開始自己努力成為值得被愛的人。
你知道你並不是在討好對方，你只是真心並放心地，
在他的陪伴下去做最好的自己。

全力以赴 地生活在這個時代

幻想，應該是創造美好世界的一股力量，
而不是逃避現實世界的一個去處。

多多姊姊：

我已經是一個初二的學生了，可我天生想像力豐富，愛幻想。我總是迷戀動漫、漫畫，我甚至感覺我就是他們中的一員，為他們哭，為他們笑，我覺得他們都是我的好朋友。

我會為了動漫裡的一個結局，哭上好幾天；會為了漫畫裡的一個情節，生上好幾天的氣。他們說我幼稚、愛哭、太感性，說我活在自己的虛幻世界裡，我沒什麼好辯解的。因為我發現現實好殘酷，現實中沒有路飛那樣的夥伴，沒有犬夜叉那樣的半妖，沒有哆啦A夢的口袋，沒有那麼多美好的東西。

可這些始終只是一個夢啊，多多姊姊，這樣愛幻想的我，到底對不對？

SY

親愛的SY：

正因為現實總是平庸而多艱，人類才運用想像力創造了如此絢爛的文化——繪畫、音樂、電影、小說、戲劇，當然也包括你最愛的漫畫，這些都無不得益於人類對現實的不滿以及對美好的嚮往。

你問我愛幻想到底對不對。我想首先肯定，幻想力是一種能力，一種能夠不被現實所局限，亦不為功利所指使，敢於跳脫與挑戰常規的能力。可悲的是對大部分人來講，這種能力在走向成人的過程裡，會慢慢地退化，變得墨守成規、謹小慎微。

誰還會整個白晝躺在河岸邊，看白雲幻化成蒼狗？誰還會徹夜不眠，將自身幻想成俠客與竹影戰鬥？誰還願意殺死命中的惡龍，誰還真的打算拯救地球？

更可悲的是成年後的我們，往往保持了對現實的不滿，卻放棄了對美好的追求。我們不敢像路飛那樣為了偉大的夢想而戰鬥，不敢承諾生死與共，有始有終；我們不再相信真有人會單純而熱血猶如犬夜叉——雖飽嘗世事蒼涼與冷漠，卻始終沒有完全被腐蝕，被異化；我們甚至不會再傻傻如哆啦A夢，為自己的笨朋友一次次伸出援手，不嫌不厭。

所以親愛的孩子，在進入成人世界之前，幻想，可是你身上的一種寶貴的能力與品質啊。

不過我們同時要明白，幻想，應該是創造美好世界的一股力量，而不是逃避現實世界的一個去處哦。幻想只是你內在的愛、勇氣、冒險精神、創造力、幽默感等，暫時無法充分表達時的投射，只要你還能幻想，這些潛質就真實地在你的心中存在著，若非如此，連幻想都無法產生。我們要做的就是認識與認可自己的這些潛能，並在現實中尋找契機去表達它。就好像漫畫家們，將自己心中的幻想，畫成了漫畫故事，讓它們生動地展現在漫畫書裡，然後跨越國界乃至時代的流傳，並且讓許許多多的漫畫迷深刻地被鼓舞，被觸動，這不就是幻想與現實世界的完美交融嗎？

親愛的，我有一個建議，既然你是如此容易對漫畫故事投入感情的孩子，你可以試著，給你喜歡的漫畫人物寫信，如同他們就是你真實的朋友。將你的故事，你的夢想，你的快樂和苦惱，你對美好的種種嚮往，都用書信的方式「告訴」他們，也將你在他們身上受到的啟發，學到的思想，得到的靈感「回饋」給他們。當你將種種天馬行空的想法付諸筆墨，變成文句，其實就是一個認知與表達的過程，是將幻想中的自己，落實於現實的過程。你用書信與漫畫中的人物對談，其實就是你與自己的對談，長此以往，幻想終會變成思想，你將擁有讓現實變得美好的力量。

如同日本動畫巨匠宮崎駿先生二〇一三年七月接受《朝日新聞》採訪時所說的：「在這個時代最好全力以赴地去生活。因為在這個時代沒有人能夠狂妄地評判一件事情的好壞。」當你全力以赴地運用你關於美好的想像，全力以赴地生活，沒有人可以評價你的對錯。

全力以赴吧，孩子！

多多

二〇一三年十一月二十三日於印度菩提迦耶

願你不失單純，不落世故

年少時愛意萌動，往往寄情於人，
暮年後多淡泊透徹，則寄情於山水，
其實都是一樣的，
都是對現實的一種跳脫，對美好的一種描摹。

多多姊姊：

最近有個問題一直困擾我。我是一名初中女生，我在看一本歷史書的時候發現了一張貴族的照片，其中有一個男子氣質非常吸引我，然後我每天就想去看那本書上的照片。漸漸地我發現我好像喜歡上了他，每次一停下來就會想著他的樣子和氣質，這樣做事就不專心了。但他是一戰以前的人啊，我也見不到他，一想到這個我就很難受，我不知道時間久了能不能忘掉，可我不想讓這件事影響我的生活，我該怎麼辦呢？

請您幫幫我！

啊呀呀

親愛的啊呀呀小姐：

你好！大約十幾、二十年前，還是高中女生的我，偶然間看到半闋詞：「心灰盡，有髮未全僧。風雨消磨生死別，似曾相識只孤檠，情在不能醒。」竟愛上了這一份堅執的迷情，人生都似乎還沒開始的我，竟也有了一種奇怪的「曾經滄海」、「千帆過盡」的喟嘆。因此，我也愛上了這首詞的作者——清代詞人納蘭性德。

那時候納蘭性德並不是中學生所熟悉的詞人，他的作品或許因為多為個人情感的表達，又充滿了對隱士的豔羨，對佛老的熱愛和淡泊功名富貴的思想，大概並不適合鼓勵年輕人心懷家國的中學教科書，而互聯網在那個時候是沒有的。所以當我與同桌說起納蘭性德的時候，她只茫然地回答我：「什麼？誰？我只知道阿蘭・德龍。」可我就是這樣默默地愛上了一位古人。

你說，那時候的我是不是很傻呀，但是這份傻氣，並不是什麼罪過，更談不上影響生活了。寄情，只不過是一種在現實之外的別處安放情感與熱愛的抒發方式罷了。年少時愛意萌動，往往寄情於人，暮年後多淡泊透徹，則寄情於山水，其實都是一樣的，都是對現實的一種跳脫，對美好的一種描摹。唯一的「不應當」，只是「沉湎」而不是「幻想」本身——沉湎於幻想，和沉湎於現實，都是一種深陷和不可自拔，都同樣失去了自由，失去了生命中更多的可能性，那才是真正的影響生活呢！

親愛的啊呀呀小姐，也許當你長大後，你會發現人們淪陷於現實生活，失去了對美好的想像，但願你還能夠想起，你曾經那麼真摯地愛過一個從未謀面的貴族男子，但願你不失單純，不落世故。

對了，十幾年之後，我才再次找到納蘭性德的另外半闋詞，我把它用自己的方式演繹成了一首現代詩，權當是對我的「初戀」的一種祭奠吧，分享於你——

心灰盡，有髮未全僧。風雨消磨生死別，似曾相識只孤檠，情在不能醒。

搖落後，清吹那堪聽。淅瀝暗飄金井葉，乍聞風定又鐘聲，薄福薦傾城。

——納蘭性德

連嘆息都只得輕輕
怕吹落心尖的塵埃啊
怕塵埃蒙住了疏落的白髮
風雨未能沾染的灰藍袈裟
今夜被一缽不期而至的思念淋透

我以為我早已經醒來的
原來不曾
聽不得風的肆意
因為像極了我的任性
像極了你的無所用情
也許正因為如此
我們才是最契合的一雙？
你的撤退成全了我的追趕
但風終於還是讓滿樹的期許零落了
零落在我為你一次次放空的那口小小的井
怎麼忘了
即便空空如此
還是無法承載你
如同深海的寂靜
是我福薄

寫於二〇〇九年八月三日深夜的北京

祝福你親愛的啊呀呀！

扎西拉姆・多多

二〇一四年一月七日於北京

真的很討厭

願望那麼小，僅僅只求驚動他，
驚動他來看著我注視我聆聽我，發現我的存在。

多多姊姊：

我是一名剛上初一的女生。我平時也沒怎麼招惹我後面的那個男生，但他總在上課的時候用橡皮屑扔我，還說些討厭的話。儘管我會些跆拳道，但也不敢反擊他，他家很有錢，我不敢打他，怕惹上什麼事。可他這樣真的讓我不能安心學習，我也不想告訴我爸媽，怕他們擔心。多多姊姊，我該怎麼辦啊？

瑩兒

親愛的瑩兒：

你說的這個男孩真的很討厭，他各種招惹你，引起你的主意，害你不得不去惦記。根據我的經驗，這明明是因為他喜歡你，為什麼他不能直接說出來呢？哎呀呀！為了再次確認這一點，我還專門給我二十多年前的同班同學發了信息：喂，我問你啊，當年上學的時候，你為什麼老是捉弄我，惹我生氣，快說！

過了一個多小時，已為人父的他回覆我：「呵呵，那是因為我當時喜歡你呀，想要讓你注意到我嘛。」

親愛的瑩兒呀，與其說那個男孩討厭，不如說那突如其來的情意真討厭，它像一根細若游絲的線，沒有來頭，沒有緣由，情不知所起，忽而就亂作了一團，也難寂靜，也難挑明。

還是年少時好呀，可以笨拙，可以粗糙，可以無理取鬧，就是不可以隱匿與壓抑，不可以無動於衷。雖然我像你那麼大的時候，也被如此惱人的男生所捉弄，可多年之後，當我偷偷愛上一個人，又諸般忐悸不敢上前之際，我多麼希望自己還能夠是個莽撞而不計較後果的少年。那時候的我寫下過這樣一首詩——

我向白雪的林間拋出一捧更白的雪
鳥雀兒相繼飛起
浮世的風物止語
躁動的和靈動的都漸漸遠去
這讓我懷念起夏日裡向湖心投下的石子
也曾惹得眾荷生動不已
石上的苔蘚都開花
競相渲染一點就破的心緒
然而黑羽毛的清晰和
白花瓣的搖曳
都不是我無端拋撒的目的
多少羽翼紛紛
多少花笑頻頻
都未曾在意
我
我僅僅

我只想
驚動你

在白雪的林間拋雪，白上添一抹白，這有什麼意義？花不驚，風不醒，漣漪不起，做這種傻事幹什麼呢？願望那麼小，僅僅只求驚動他，驚動他來看著我注視我聆聽我，發現我的存在。親愛的瑩兒，這首詩的名字叫《無端麼》，分享給你，但願你能體會我們這種，無事生非的心情。

心裡住著一個傻小子的多多
二〇一四年十二月十三日於印度菩提迦耶

生病的大人

在他們的眼神裡從來只有愛，而沒有怨。

多多姊姊：

我的爸爸是一名圖書管理員，但他嗜酒成性，到了寒假喝得更加厲害。我在家想要學習，爸爸卻在那裡喋喋不休地罵媽媽，我是一名住校生，一到學校就會擔心爸爸會不會打罵媽媽。爸爸喝酒後就像一個精神病，今天我實在忍不住把手機砸了，我該怎麼辦，這樣下去我不僅不能專心學習，還會得心理疾病吧。

067

親愛的 067：

謝謝你在無助的時候想到給我寫信，謝謝你的這份信任。在信中你提到擔心自己會得心理疾病，親愛的，我想先跟你談談的是，你可了解「酗酒」在一定程度上也是一種疾病？我覺得與媽媽相比，更值得擔心的是爸爸呢。

古人認為，酒德有凶和吉兩種。《孔氏傳》裡就曾說過：「以酒為凶為之酗，言討心迷政亂，以酗酒為德，戒嗣王無如之。」而現代醫學也發現長期的酗酒行為將會發展成酒精依賴症。酒精依賴症是長期過量飲酒引起的中樞神經系統嚴重中毒，而逐漸加重的個性改變和智慧衰退則是慢性酒中毒者的特徵，病人逐漸變得自私、孤僻、無責任心、情緒不穩定、情感遲鈍、工作能力下降、記憶力下降、與周圍的人不易相處，並常把工作、生活中的困難歸咎於別人，而對酒極為渴求，千方百計也要弄到手，終日手不離瓶，飲酒不分早晚，以酒當飯，並最終導致內臟器官功能出現代謝障礙，甚至衰竭，常有肝、腎硬變，心臟擴大，酒精中毒性心肌炎等……

可見長期酗酒會給一個人的身體與精神帶來多麼深的傷害。希望你的爸爸只是喜好喝酒，而還沒有發展到酒精依賴症的程度，但是這個可能性與傾向仍然是存在的。當我們對酗酒及其引發的病症有了一定的認識，那麼就可以嘗試把你內心對爸爸的怨恨和恐懼，轉化成同情與關心——他並不是這個家庭的加害者，他只是酒精的受害者。雖然飲酒是個人的自主決定，在上癮的初期，也許可以通過個人意志力來戒除酒癮。但成癮是一個漫長的過程，往往當我們發現酗酒帶來了危害時，已經進入了不可自拔的深癮階段，這個時候酗酒者本人已經變得無助，需要在家人的支援和幫助下，借助科學的醫療手段來戒除對酒精的依賴，並重新建立健康的心理狀態。所以，從你的信中看來，現在爸爸的狀況，也許不是你擔心、責怪，甚至摔手機可以改變的。你和媽媽要堅強起來，幫助爸爸一起解決他的健康危機，將家庭中的對立，轉變成為一個共同的目標，為實現它而努力。

我在網上搜索了一遍，發現目前在中國的不少城市已經有了專業可靠的戒酒機構和醫院專科，我建議你可以在你們家所在的城市也諮詢一下。然後你和媽媽還需要以溫和、友善、關切的態度，和爸爸做一個溝通說明，讓他認識到潛在的健康問題，陪伴他一起接受科學治療。

親愛的小孩，不要忘記當我們生病的時候，父母是多麼的慈愛相待，我們在病中的一切壞脾氣、糟狀況，都被父母寬容著、接納著，在他們的眼神裡從來只有愛，而沒有怨。如今父母生病了，便正是時候將這些我們當初從他們身上學到的愛與信賴，慈悲與關懷，開展、流露出來，這才不枉這一份萬千人海中惟獨與他和她成為至親家人的甚深緣分呀！

祝福你，堅強的小孩！

多多

二〇一五年三月十日於廣東肇慶

給自己的信

沒有人會天生了解你的全部，
只是有的人會願意用最大的善意去揣測未知的你，
若遇到，請珍惜。

被逼婚的少年

最大的孝道不是委屈順從、勉強忍讓，
而是終其一生對父母都沒有怨懟，沒有憤恨，只有愛與感恩。

多多姐：

我遭逼婚了！我是一名大三學生，家境還可以，我爸今年四月份查出得了胃癌，家裡面一直都在盡心竭力地照顧他、安撫他。八月份的一天晚上，我爸爸突發心梗，現在因為胃癌不能做心梗手術。這期間我爸成天說他想看我成家立業，想抱個孫子。給我介紹了老家的一個女孩子，她是高中學歷，家庭條件一般，還有一個在讀大學的弟弟，她家是單親家庭，她的父親獨自養活三個孩子，她是老二。我爸和她爸都談好了！關鍵我和她連面都沒見過，我該怎麼辦？

多多姊姊，我爸是個商人，在家裡面擁有著至高無上的掌控權，我從來都是被他所支配。心梗住院的第四天他告訴我，他的日子不多了，我能從他的口吻裡讀出現在他對生命的渴望……我從小就被教育要服從長輩，他告訴我抱孫子就是他的夙願，當他得知自己得癌症了之後就一直在暗地裡張羅這件事情。先開始我沒有回答他我想不想成家這個問題，最後他告訴我婚姻這件事說不清道不明，還告訴我結了婚，不想過就離，再找下一個。我當時震驚了，我感覺這不應該是我爸說出來的話，雖然這個姑娘家境一般，但是這樣對她不公平！

小蒙

親愛的小蒙：

看到你的來信，深深為你父親的身體狀況感到擔憂，也為你的處境感到難過。其實若非身處其中，我說什麼都會顯得輕巧而不負責任。而且我是知道的，你有你自己的答案，只是這個答案太無情，太難以說出口，所以你需要我為你增加一份確認。

好吧，以下是我想要跟你分享的一番話，但這並不是你可以對你的父親去說的，我也並不建議你如此去轉達。你我都知道，要改變我們父輩的想法，十分艱難，我這一番只是對你說，希望你將來，能夠成為一位不太一樣的父親。

你準備好了嗎？我將說出一番無情的話。

我們不是瀕臨滅絕的物種，生殖繁衍不是我們存在的唯一目的。
我們不是遷徙中的遊牧初民，安家立業不是我們最迫切的任務。
我們不是封建男權社會中的顯貴，選擇伴侶不是一宗家族交易。

在清楚這幾點之後，我們再來想想婚姻的意義吧。婚姻是一項長久的承諾，而這份承諾的前提是愛，愛可以毫無理由地發生，但是愛的延續卻需要兩個人有共同的友誼、

危険ですから
入らないで下
八

信念、追求、情趣和審美。但人與人之間能擁有那麼多共同點，這兩個人還要能在茫茫人海中相遇，其實是個小概率事件。大部分情況都是，我們遇到一個心儀的對方，出於愛而接納兩人之間的差異，然後在時間中磨合與共同成長，當兩人對未來的信心足夠時，便許下一份關於未來一生的承諾。當然，漫長的一生之中，變數很多，沒有人可以百分百保證，承諾一定可以實現攜手走到生命的盡頭。但是，在你做出承諾的那一刻，你需要有百分百的真誠，需要你將婚姻視作神聖而莊嚴之事，否則就是你對自己、對對方極大的不負責任。

因為，你的人生是你的，不是任何其他人的，而婚姻生活將是你人生裡面最長的一段經歷，婚姻的品質將會影響你整個生活，不光是你，還有雙方父母與你未來子女的生活，所以選擇婚姻應該是你最慎重的一個決定。

我們的父母，無論他們有多麼深愛我們，他們也無法替我們去愛上另一個人，不是嗎？我們的父母，無論他們為我們策畫了多少，包辦了什麼，他們真正想要我們得到的，不是婚姻和家庭的形式，而是幸福，不是嗎？我也知道，要去違逆一位強勢的父親，是很艱難的決定，但是辜負一個陌生的姑娘，辜負對未來充滿憧憬的自己，難道就會更輕鬆嗎？

但是啊，我也絕對理解，你不忍心讓一位完全是出於愛而為你決定未來的父親失望。

我希望你能記住這一點，無論他對你控制、強迫、期待、失望，甚至最後恨你，都是因為最初的愛你。我也希望你知道，最大的孝道不是委屈順從、勉強忍讓，而是終其一生對父母都沒有怨懟，沒有憤恨，只有愛與感恩。任何讓你失去對父母之愛的決定，都要三思而行，好嗎？

多多

二〇一六年十月二十二日於印度菩提迦耶

耐心等待

年輕的你，有足夠的理由相信，
你將會得到世上最美好的一份幸福。

此篇不是給孩子的回信，而是我大學畢業第一年，寫給我的直屬上司的一封信，我把它找了出來，並且收錄在《親愛的孩子》這一章裡面，把它作為送給即將畢業的大孩子們的一份心意。

Dear Shirley：

你說我們要寫一篇工作總結，說一下這一年裡面，工作中的種種感受和收穫，而且形式不限。所以我選擇了用信件的方式，因為我在與人「交談」的時候較「總結、彙報」更能說出真實的感受。希望你能夠接受我的不講規矩。

在還沒畢業之前，我總愛在宿舍半掩的窗前，猜測自己多變的命運——我擁有的才華，不足以讓我成為一個全能的成功者，而究竟有哪一個選擇值得我掏出所有的一切，去孤注一擲？年輕的我，一直相信，在我面前有很多的路可以走，也有很多的路可以回頭。終於我離開了學校，離開了可以瘋狂和不負責任的日子。在我投出了數十份的求職信後，就靜靜地坐在家裡，開始想像該怎樣在這麼多的公司之間選擇。這些想像甚至讓我更躊躇，更不安。可是到後來，發現之前的種種假設都是自找麻煩——回應我的只有一家公司，選擇只有唯一的一個，根本不需要「兩難」。於是我加入了「卓越國際」。後來那些我應徵過的公司，陸陸續續地叫我去面試，我並沒有覺得自己決定得太倉促，反而慶幸他們沒有同時通知我，否則真要使出賭徒一樣的勇氣，來下個重注。那是我剛踏進社會的第一階段——害怕選擇。

然後，就是一段懵懵懂懂、充滿熱情卻使不上勁的日子。記得您曾經叫我大膽地向同事學習。可是當我不厭其煩地厚著臉皮，硬著頭皮地問時，我發現這不僅僅是一問一答這樣簡單，似乎還要顧及同事的時間、性格和心情。我一時間不知道該怎樣繼續才好，而同時又非常急於掌握工作的方法和訣竅。

這樣的狀態維持了一段時間，後來我發現，我必須做出一個選擇——或者自己摸索，相信只要假以時日，沒有什麼是我學不會的，不過這樣一來，公司將要付出一到兩個月的工資去養活一個不能為公司做出貢獻的人；或者大方地承認自己的無知，找一個適當的時間用適當的方式，和同事溝通，真心地請教，雖然這樣需要勇氣，但我認為這是一個比較積極的方法。於是我通過電子郵件寫道「……你說這些東西，當時也從來沒有人教過你，那可能是因為你的聰明。但是我相信，如果現在你願意把它們教給我的話，我就可以更快地幫上你的忙，更好地協助你的工作了……」事實證明，我的選擇是對的。很快，我們就成為工作上的好搭檔，生活中的好朋友。這是我參加工作後進入的第二階段——敢於選擇。

一個月，兩個月，三個月都過去了，我和同事們也經歷了三四個完整的工作週期，整個工作流程已經基本熟悉，對於媒體單位運作方式也通過實踐和書本有了大體的了解。當時的熱情似乎開始被千篇一律的下單、數帶子、寄帶子、包裝、搬運所替代。「難道就這樣幹下去嗎？我還可以在這裡面學到些什麼？這裡還有值得並且可以讓我去探究的東西嗎？」那時我常在堆積成山的廣告帶前這樣問自己。現在我把你當成是我的一位朋友，而不是上司，所以我把當時真實的想法告訴你。

後來一件事情改變了我。一天，我在商店裡看中了一件很漂亮的工藝品，幾經考慮把它買了下來。熱心的售貨員小姐，為我找來了一個比那件工藝品大兩倍的紙箱，再在紙箱裡塞滿了舊報紙，包裝好了交到我的手上。回到公司以後，我發現這樣大的一個箱子實在是多餘，而且難於攜帶。我就乾脆把工藝品拿了出來，放在一個塑膠袋裡。下班的時候，剛上了那輛擁擠的公車，就聽到「砰」的一聲，心想完了。回家一看，果然已經裂了一道明顯的縫。

原來，我們認為很珍貴的東西，還是需要很多看似很無用的東西來維持。就像，彩虹仍然需要在這之前的風雨和雷暴；明月仍然需要在它後面的大片黑暗；而智慧，則仍然需要種種的煩惱，才會以最光明、最無礙的方式出現。

我們總是認為幸福很寶貴，成就很寶貴，而在得到幸福和成就之前，我們往往不願意去做一些很平凡，甚至很無聊的工作。可是應該知道的是，那些無聊、沉悶的工作，其實是為了保護我們日後得到成功之後的心啊；為了讓我們相信，沒有什麼是注定的、理所當然的；為了讓我們能夠像一條深沉、包容的河流，無論是順暢奔流，還是遇到險灘，都能冷靜自如地應對。我分明聽到天空中有一個聲音在對我說：年輕的你，有足夠的理由相信，你將會得到世上最美好的一份幸福。所以，我也有足夠的理由告訴你，要耐心地等待！

最讓我高興的是，我對我現在的工作，並不是沒有可以選擇的。我完全可以在羽翼豐滿的時候，考慮更換工作部門，甚至申請提升，主動走到挑戰的面前。而在還沒準備好之前，我至少還可以選擇一種態度，一種喜悅、積極的工作態度，因為有一個我很崇敬的人說過：「讓我們煩惱的，不是問題本身，而是我們對問題的看法。」哪怕我還是繼續在原來選擇好的路上走著，但是一想到，我還可以有其他的選擇，眼前的路立刻變得寬廣，心也跟著笑了出來。現在，我正處在工作的第三階段——相信選擇，樂於去選擇。

至於以後的路，我會走得更穩、更自信，因為我知道，會有很多良師益友——如你，如Fanny，和我做伴，因為我相信，無論上天怎樣辛苦地編排，原來都不曾有負於我。

Dorophy

二〇〇一年一月二十二日

給自己的信

無論你多愛、多依賴一個人，
親愛的姑娘，請一定要保有你自己的人生：
你的朋友，你的愛好，你的技能，
甚至你的軟弱與你的愚笨也要好好惠存。

國家圖書館出版品預行編目 (CIP) 資料

雖然不相見 / 扎西拉姆 . 多多著 . -- 初版 . -- 臺北市：
商周出版：家庭傳媒城邦分公司發行 , 2021.01
面； 公分
ISBN 978-626-318-119-9(平裝)

855 110021502

線上版回函卡

雖然不相見

作　　者　扎西拉姆 . 多多
企劃選書　徐藍萍
責任編輯　徐藍萍

版　　權　黃淑敏、吳亭儀
行銷業務　周佑潔、黃崇華、華華
總 編 輯　徐藍萍
總 經 理　彭之琬
發 行 人　何飛鵬
法律顧問　元禾法律事務所王子文律師
出　　版　商周出版　台北市 104 民生東路二段 141 號 9 樓
電話：(02) 25007008　傳真：(02)25007759
E-mail：ct-bwp@cite.com.tw　Blog：http://bwp25007008.pixnet.net/blog
發　　行　英屬蓋曼群島商家庭傳媒股份有限公司城邦分公司
台北市中山區民生東路二段 141 號 2 樓
書虫客服服務專線：02-25007718　02-25007719
24 小時傳真服務：02-25001990　02-25001991
服務時間：週一至週五 9:30-12:00　13:30-17:00
劃撥帳號：19863813　戶名：書虫股份有限公司
讀者服務信箱 E-mail：service@readingclub.com.tw
香港發行所　城邦（香港）出版集團有限公司　香港灣仔駱克道 193 號東超商業中心 1 樓
E-mail: hkcite@biznetvigator.com　電話：(852)25086231　傳真：(852)25789337
馬新發行所　城邦（馬新）出版集團 Cite (M) Sdn Bhd
41, Jalan Radin Anum, Bandar Baru Sri Petaling, 57000 Kuala Lumpur, Malaysia.
Tel: (603) 90578822　Fax: (603) 90576622　Email: cite@cite.com.my

設　　計　張燕儀
印　　刷　卡樂彩色製版印刷有限公司
總 經 銷　聯合發行股份有限公司　新北市 231 新店區寶橋路 235 巷 6 弄 6 號 2 樓
電話：(02) 2917-8022　傳真：(02) 2911-0053

■2017 年 10 月 31 日初版
■2022 年 1 月 4 日二版
定價 380 元

城邦讀書花園
www.cite.com.tw

Printed in Taiwan

　ISBN 978-626-318-119-9